부드러운 거리

부드러운 거리

일러스트레이터의 눈에 비친 그곳, 보통 사람들

글·그림
정인하

아트북스

B6사이즈의 블랙 하드커버 노트를 오랫동안 사용하고
있다. 80장 가량의 하얀 종이가 들어 있는 이 노트는
크기와 내지의 색, 질감과 제본 방식이 나에게 딱 맞아서,
이제는 다른 노트를 사용하면 남의 집에 들어온 것 마냥
어색하다. 종이가 미색이어도 안 되고 스프링 중철이
들어가도 곤란하다. 노트를 다 쓰면 크림색 종이테이프에
사용한 날짜를 적어 책등에 붙인다. 문득 그동안의 노트를
세어보니 중간 중간 샛길로 썼던 다른 규격의 노트를
제외하면 모두 65권. 지금은 66권째 노트를 사용 중이다.

외출할 때마다 이 노트를 가지고 다니면서 떠오르는
생각들을 적고 때로는 긴 일기를 쓴다. 그리고 싶은 것은
무엇이든 드로잉 한다. 읽고 있는 책이나 재미있었던
대화의 한 조각, SNS에서 마주친 인상적인 구절을 옮겨
적기도 한다. 드로잉 노트는 내게 세상 어느 곳보다
자유롭고 부담 없는 '내 마음대로'의 공간이다. 누군가에게
보여주려는 목적으로 그리거나 쓰는 것이 아니므로
정제되어 있지 않고 어설프기도 하지만 가장 나다운 것들이
고스란히 들어가 있다.
이 책은 그런 내 노트에 쓰고 그린 글과 그림 중 최근의
어떤 변화를 꺼내어 묶은 것이다.

오래전부터 사람을 그려왔지만 언젠가부터 이른바 '평범한
사람들'을 그리는 일에 흥미를 느끼게 되었다. 중절모를

눌러쓰고 단정한 차림으로 외출한 할아버지나 대파 봉지를
든 할머니, 잠시 차에서 내려 쉬는 택시기사 아저씨를
가만히 바라보며 그 모습을 그리기 시작했다.
그렇게 마음을 끄는 사람들을 꾸준히 그리다보니 몇
년이 지나는 동안 그 수가 꽤 많아져서, 가만히 묵혀두기
아쉬운 마음에 노트 속 사람들을 모아 작은 드로잉북을
독립출판으로 만들기도 했었다. 그 당시 연남동에 자리한
서점 주인이었던 지금의 편집자 분과 인연이 닿아 노트
속에 잠들어 있던 글과 그림을 한 권의 책으로 엮어 세상에
내보내게 되었다. 무척 기쁘고 신기하다.

책에 들어간 드로잉은 2013년 무렵부터 현재까지의
것이다. 더 이전의 것들도 있지만 대부분은 최근 5년
사이에 그린 그림들이다. 동네와 동네 주변의 사람들을
보며 그리고 썼다.

나는 소위 '사람 좋아하는' 성향은 아니다. 뚱한 표정과
약간 부족한 반응으로, 용기 내어 다가와준 고마운
사람들에게 나도 모르는 사이 실망을 주곤 하는 것 같다.
주변에 몇몇 친밀한 사람들이 있을 뿐, 너무 많은 만남은
오히려 힘이 든다.
하지만 다른 한편으로는 사람을 좋아한다. 사람이 가진
사회적 능숙함이나 세련됨보다는 동물이라는 큰 틀로 봤을
때의 순함, 수줍음이나 어설픔 같은 것에 마음이 움직인다.

그런 이들의 온기를 느끼고, 사는 이야기를 듣는 것은 내게
아주 중요하다. 그리고 그냥, 이라고 할까. 사람들의 모습을
바라보는 것이 좋다. 질리지도 않고 계속해서 사람을
그리고 사람에 대해 이야기하고 싶을 만큼.

매일 비슷비슷한 일상을 사는 것 같지만, 실은 어제가
다르고 오늘이 다르다. 그림도 그렇다. 내 그림이 매번
비슷하다고 느껴져 실망스럽거나 의기소침해질 때도
있지만, 지나고 다시 보면 달라져 있다. 원하든 원하지
않든 변해간다. 그래서 그때그때 그릴 수 있는 것을 꾸준히
그리고 기록하려고 한다. 돌아보면 어느새 변해 있을
일상도 조금 더 감사한 마음을 가지고 소중히 여기며 살고
싶다.

사람을 좋아하는 어느 일러스트레이터의 노트 속을
느릿느릿 산책하는 느낌으로 이 책을 봐주었으면 좋겠다.

2018년 10월
정인하

적당한
거리에서 보면
사람들은 귀엽다

꽃무늬 양산
시무룩한 표정
손에는 익숙한 까만 봉다리
추켜올려 둥실해진 양복바지
오래 아껴 입어 사람을 닮은
노인의 옷

평범하고 마음을 끄는 것

지나가는

평범한
사람들을

기록한

일러스트레이터의
노트

일거리를 챙겨서 신림역 근처의 한
프랜차이즈 카페에 왔다. 집에서 해도
되는 일인데 굳이 짐을 잔뜩 짊어지고
카페로 오는 이유는 벌러덩 누워버릴 거실 바닥과
TV리모콘, 괜히 궁금해서 열어볼 냉장고로부터 나를
격리시키기 위해서다. 카페에 도착하니 다행히 원하는
자리가 비어 있다.

창가에 면한 긴 나무 테이블이 있는 자리는 항상 인기가
좋아서, 누군가 일어나면 다른 누군가가 곧 그 자리를
채운다. 네 명에서 많으면 여섯 명도 앉는 이 자리의
사람들은 대부분 혼자 공부를 하거나 챙겨온 노트북으로
뭔가를 하는데, 나를 포함한 많은 사람들이 굳이 이 자리에
앉으려고 하는 이유는 역시 창 너머로 보이는 풍경 때문이
아닐까. 잠시 하던 일을 멈추고 눈과 머리도 쉴 겸 바깥을
바라볼 수 있으니까.

창 너머로는 도로 맞은편 횡단보도에서 녹색 불을 기다리고
있는 사람들이 보인다. 오른편으로는 정류장에서 버스를
기다리는 사람들이 있다.
이곳과 저곳의 거리는 빤히 쳐다본다는 느낌을 주며
상대를 불편하게 만들 정도로 가깝지도 않고, 어떤 표정을
짓고 있는지 보이지 않을 정도로 멀지도 않은, 딱 적당한
거리감이다. 일거리로 가져온 그림—대개 어린이책
단행본의 스케치—이 잘 풀리지 않을 때는 하던 일을 잠시
멈추고 가만히 창문 밖을 바라보다가 창문 너머로 보이는
흥미로운 사람들을 노트 위에 슥슥 그려넣곤 한다. 그렇게
부담 없는 마음으로 그린 사람은 어쩐지 방금 전 오랜 시간
동안 끙끙대며 그려놓은 스케치의 등장인물보다 생생하고
매력적인 경우가 많다.

횡단보도에 선 사람들은 신호가 바뀌면 미련 없이 어딘가로
걸어가고 정류장에서 버스가 오는 쪽을
향해 목을 빼고 있던 사람들은 버스와
함께 떠나간다. 금세 사라져버릴 사람들이
아쉬워서, 그 모습을 메모하듯 드로잉을
하다보면 이것에 푹 빠져버려 정작 하려던
일은 뒷전이 되어버린다. 이 신림동의
카페에서 보이는 풍경에는 분명 묘한
매력이 있다. 이 지역의 특별함인지, 카페와

맞은편 거리와의 딱 적당한 거리감 때문인지는 모르겠으나,
그리고 싶다는 마음이 절로 드는 흥미로운 사람들이 계속
등장한다. 마음을 끄는 옷의 무늬나 색의 조합, 체형,
표정, 머리 모양, 포즈 등등. 감탄사가
새어나올 지경이다.

언젠가부터 일부러 사람들을 그리기
위해 이곳으로 온다. 잘 그려야 한다는
긴장을 풀고, 누군가를 만족시켜야
한다는 부담도 없이 그저 마음과 손이
가는대로 눈앞의 흥미로운 사람들을
그리다보면 마음에 묶여 있던 올이
서서히 풀리는 것 같은 개운한 상태가 된다. '드로잉이
이렇게 재미있었지' 하고 새삼 느낀다. 내 눈과 손이라는
필터를 거친 노트 위의 사람들은 어쩐지 친근하게 느껴지고
때로는 잊었던 누군가를 떠올리게도 한다. 오늘도 신림역
근처를 지나는 낯설지만 친숙한 그날의 사람들을 그리고 또
그린다.

신림동에서 오래 살았다. 말하자면 고향 같은 곳이다.
딱히 좋을 것도 싫을 것도 없이 그저 어린 시절부터 집이
이곳에 있으니 살았고 오래 살았기 때문에 오히려 동네에
대해 깊게 생각할 일도 없었다. 어떤 뮤지션 혹은 작가의
글이나 인터뷰에서 어린 시절에 살던 동네에서의 경험이

중요하고 아름답게 자리한 경우를 보면 부럽기도 하다.
나는 특별히 내가 자란 장소에 깃든 애틋한 추억을 갖고
있지 않기 때문이다. 내가 살던 동네에는 특별히 운치 있는
가로숫길도 오래된 돌담길도 없다. 그저 우스꽝스럽거나
시시하거나 어설픈 어린 시절의 내가, 밋밋한 회색 동네
속에 스며들어 있다. 그럼에도 언젠가부터 조금씩 인정하게
된 것 같다. 싫든 좋든 이 회색빛 동네가 내 정서에 깊은
영향을 주었다는 것을.

신림동에 애정 비슷한 게 생긴 이유 중에 이 카페에서의

경험이 적지 않다고 생각한다. 구체적으로는 잘 설명하기 어렵지만, 여기서 긴 시간 동안 사람들을 가만히 바라보고, 신이 나서 그림을 그리는 사이 서서히 내게도 어떤 변화가 생겨난 것 같다.

멀지도 가깝지도 않은 어떤 감정이.

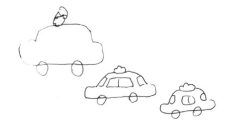

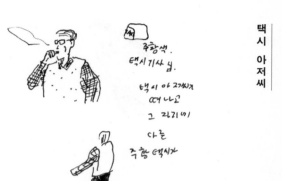

주황색.
택시기사님.

택시 아저씨저
여 나고
그 라지에
다른
주황 택시가

택시 아저씨
운동중.

차를 닦는
택시 아저씨

도로가에 택시가 서더니 기사분이 내린다.
잠깐의 휴식 시간인가보다.
'헛둘헛둘' 몸을 풀기도 하고
마른 걸레로 택시를 닦기도 한다.
체크무늬 셔츠가 동물의 무늬처럼 잘 어울린다.
택시 곁에서 담배 한 대 피우고 훌쩍 떠나간다.

내 마음대로 분류한 걷는 모습 세 가지

머리형: 머리를 앞세우며 고꾸라질 듯이
　　　　걷는 사람. 등이 굽었다.
　　　　나이든 여성 중 많다.

배형:　　배부터 걷는 사람. 둥근 배를 강조하듯
　　　　상의는 바지 속에 넣는다. 아저씨 중에
　　　　많다.

다리형: 뒷짐을 지고 앞쪽으로 다리를 차듯이
　　　　걷는 사람. 한가한 느낌. 이 유형도
　　　　아저씨 중에 많다.

배를 내밀고 걷는 사람.

20

오늘도 같은 카페의 같은
자리다. 그림을 그리고
싶지만 특별히 그릴 것이
떠오르지 않을 때, 펜과
노트와 읽을 책만 단출하게
챙겨 이곳에 온다. 그리고
좋아하는 자리에 앉아 가만히
창밖을 바라보면 금세 그리고
싶은 사람이 눈에 띈다. 그러면
이것저것 생각하지 않고, 그 사람을
마음 가는 대로 드로잉 한다. 그렇게 그림에 집중하다보면
작지만 뭔가 해내고 있다는 기분 좋은 에너지가 솟는다.

이 카페는 신림역 6번 출구에서 5분 정도 떨어진 거리에
있다. 술집과 카페, 순대촌이 몰려 있는 번화가 쪽과는
조금 떨어진 곳이라, 사람들에게서 '오늘은 특별한
약속'이라거나 '놀아볼까' 하는 들뜬 느낌이 덜하다.
상대적으로 차분한 일상의 공기가 떠다닌다. 번화가에
유행하는 옷을 차려입은 젊은 사람들이 많다면 이쪽에는
중년이나 노인들이 많다. 노인은 유행하는 옷을 입지는
않지만 잘 보관된 오래된 책처럼 단정한 차림을 하고 있다.
그런 사람들을 바라보는 게 좋다.

지역별 사람들의 특징이 있을까? 개개의 경험에 따른 몹시

주관적인 인상일 확률이 크겠지만, 그리고 굳이 나누기
좋아하는 나쁜 습관일지도 모르지만, 누군가가 반농담조로
지역별 사람들의 분위기나 특징을 이야기하면 귀가
솔깃해지곤 한다.

나는 '신림동 사람들' 하면 '무심함'이라는 단어가
떠오른다. 무심하고 조금 뚱한 표정. 약간 지친 느낌도
함께. 나도 이 테두리에 무리 없이 해당될 것 같다. 어쩌면
나 자신이 그런 사람이라 자주 보는 동네 사람에게 그런
모습을 투영하는 것인지도 모르겠다.

오늘도 사람들을 바라본다. 사람들은, 비슷한 듯 모두
다르다. 횡단보도에서 녹색 신호를 기다리며 서 있는 잠깐
동안도 자세와 고개의 각도와 표정이 저마다 다르다. 입고
있는 옷도 체형도, 풍기는 분위기도 다르다. 참으로 다양한
사람들이 있다는 사실을 조금 떨어진 곳에서 바라보고
그리며 새삼 느낀다. 당연하지만 성격도 가족도 사연도 다
다를 테지. 세상에
같은 사람은
한 명도 없다.
사람이 모두
다르다는 것.
그런 당연한
이치에 어쩐지

안도감을 느낀다.

가방을 몸에 둘러메고도 뭔가를 잔뜩 넣은 봉지를 양손
가득 들고 걸어가는 사람. 짐 없이 휘적휘적
걷는 사람, 등이 굽어 무게중심이
앞으로 쏠린 채 천천히
걷는 사람. 몸집이 단단해

보이는 사람. 빵을 고르는 사람. 몇 번 봤던 술 취한
아저씨도 보인다. 오늘도 역시나 벌겋다. 겨우내 있던 군밤
아저씨는 언제까지 장사를 하시려나.

그렇게 한참 사람들을 바라보며 그림을 그리다가, 이제
됐다 싶은 마음이 들면 짐을 싸서 카페를 나온다. 그리고
나도 조금 전까지 바라보던 그 풍경의 사람들 속으로 걸어
들어간다.

한 곳에서 사람들을 관찰하다보니 자연스럽게 주변을
자주 지나다니는 사람을 보게 된다. 그중 유난히 눈에 띄는
사람이 바로 이 낮술 아저씨다. 벌건 얼굴과 목의 색을
보니 대낮부터 한잔 거하게 하신 게 분명해 보인다. 다른
날에도 한눈에 동일인인 걸 알 수 있는 특유의 벌건 얼굴과
비칠비칠 서 있는 모습.

아저씨, 괜찮은 겁니까?

군밤 아저씨

밤 장수 아저씨.

밤 아저씨

군밤

군밤을 파는 아저씨가 오늘도 같은 자리에서 장사를 하고
있다. 장사는 그럭저럭 되는 것 같다. 군밤은 맛있으니까.
군고구마를 함께 팔기도 하는 것 같다. 아무튼 카페에
갈 때마다 같은 자리에 작게 자리잡고 있는 군밤기계와
아저씨를 볼 수 있다. 그런데 어느 날 문득 그 자리에
아저씨가 없다는 걸 깨달았다. 여름이었다.
다시 선선한 계절이 되니 군밤기계와 함께 아저씨가
나타났다. 아저씨는 여름에는 다른 장사를 하시려나?
아저씨는 모르겠지만 군밤기계는 여름 내내 잘 쉬었겠다.

한가한 낮 시간. 버스정류장 의자에 화려한 복장의 아저씨
한 분이 앉아 있다. 하늘거리는 흰 블라우스 위에 샛노란
조끼를 덧입고, 같은 색 바지를 입은 아저씨. 손가락에
끼운 커다란 알맹이가 박힌 금반지 여러 개가 멀리서 봐도
번쩍거린다. 머리는 경계가 어딘가 어색한 것이 가발 같다.
이렇게 엄청 튀는 복장으로 생각에 잠겨 앉아 있는
아저씨는, 주변과 어울리지 않는 화려함 때문에 묘하게
초라해 보인다. 근처에 성인 콜라텍이나 카바레 같은 곳이
있으니 그곳에 있다가 잠시 쉬러 나온 걸까. 무슨 일이
있었길래 저리 생각에 잠겼을까. 내 멋대로 '저 아저씨
제비다'라고 단정 지어버렸지만, 단순히 스텝 좀 밟고 리듬
좀 타는 풍류인인지도 모르겠다. 무대 위의 아저씨는 한결
빛이 나려나?

결혼 후에는 신림을 떠나 산본에서
살고 있다. 나무와 아파트가 많은
동네다. 산본 어느 곳에서 어디를
둘러봐도 나무와 아파트를 볼 수
있지 않을까. 20층 남짓 되는 하얀
아파트들 사이로 뭉게뭉게 구름처럼
퍼진 나무. 내가 가진 동네의 이미지다.

산본은 이른바 '신도시'로 만들어진 지역인데
어느새 연식이 꽤 지나서, '오래된 도시'가
되었다. 예전부터 아파트촌의 '복사-붙여넣기'
한 것 같은 지루하고 획일적인 풍경이 싫었지만
이곳은 아파트만큼이나 키가 큰 나무가 많아서인지 나름의
정취가 있다. 아파트를 지금보다 덜 선호하던 시기에,
아파트 밀집 지역 특유의 삭막함을 희석하려고 나무를
일부러 많이 심었다나 뭐라나. 아무튼 그래서인지 다른
아파트촌에 비해 정감 가는 분위기가 감돌아서 아파트를
싫어하는 나도 그럭저럭 적응하며 살아가고 있다.
아니, 누구라도 적응할 수밖에 없는 무서운 동네다. 살면서

필요한 대부분의 것들이 근처에 적당히 있어서 굳이 힘들게
다른 지역으로 나갈 필요성을 못 느끼게 된다. 셀프 감금
상태라고나 할까.

아파트 단지 사이로 난 가로숫길은 짧은 산책로로 부족함이
없다. 기분이 좋으면 좋은 대로 나쁘면 나쁜 대로, 머리가
뺑뺑 돌아가도, 멍할 때도 걷는 건 도움이 되니까 마음 내킬
때마다 슬금슬금 집에서 나와 이 길을 걷고 돌아온다.
나무가 많아서인지 계절감은 주택에 살던 때보다 강하게
느껴진다. 어제 보니 아파트 앞 나뭇가지에 끝이 뾰족한
전구 알 같은 목련봉오리가 맺혔다. 여기에 목련나무가
있었구나. 유난히 춥고 길었던 겨울의 뒤를 따라온 봄의
연하고 따뜻한 모습은 매번 얼떨떨하다. 아무튼 봄이 왔고
당분간은 집 밖으로 나올 때마다 새롭게 등장하는
꽃과 초록 잎을 감상할 수 있겠다.
불꽃놀이의 작은 불꽃처럼 동그랗게
핀 산수유는 벌써 나와 있다. 라일락도 곧
모습을 보이겠지.

산본 사람들의 분위기는 신림동과는
또 다르다. 한 사람 한 사람이야 모두
다른 게 마땅하지만 지역의 테두리가
주는 독특한 분위기가 있는 듯하다.
신림과 비교했을 때 가장 눈에 띄는

세개진 오라라
코트가
귀엽다

뭔가를 꼭
끌어안고있는
아저씨.

노란 유치원 가방라
연 른눅/색 홀등재마트복

차이점은 아이가 많다는 점이다. 유모차를 끌고 다니는
사람을 어렵지 않게 볼 수 있다. 당연히 임산부도 많다.
그리고 대체적으로 '적당하다'고 할까. 아파트라는 비슷한
공간의 특성과 구조를 공유하는 사람들이, 크게 다르지
않은 주기로 비슷한 곳에서 쇼핑했을 옷들을 무리 없이
갖춰 입고 다닌다는 느낌. 좋은 의미로든 나쁜 의미로든
튀는 사람이 없다. 나도 이 안에서 무리 없이 섞여 적당하게
살아가고 있다. 그리고 일종의 권태 비슷한 편안함도
감돈다. 이 또한 나 자신을 사람들에 투영해서 그런지도
모르지만.

영하 14도. 한겨울의 사람들. 어두침침한 복장들이
답답하고 지루하게 느껴져서 사람들이 입은 검은 옷을
좋아하는 노란색으로 바꿔 칠했다. 그랬더니 순식간에
포근하고 동실한 그림들 완성. 노오란 카스텔라 같네.

산본으로 오고 나서는 사람들을 그리는 재미가
신림동에서보다는 적어졌다. 신림에서는 마음을 흔드는
사람들이 툭툭 등장하곤 했는데 여긴 왠지 덜한 것 같아.
이 심드렁함은 장소 탓이다! 하며 한 시간 넘는 거리에
있는 신림동의 카페에 찾아가 사람들을 그리다가 돌아오곤

했다. 하지만 그렇게 찾아갔는데 원하는 자리가 이미 꽉 차
있거나, 자리를 잡았지만 그림이 잘 그려지지 않는 날이면
실망감이 몰려온다. 장소 탓이 아닌가……? 그러던 중에
신림동보다는 가까운 곳에서 그림 그리기 좋은 카페를
발견했다.

안양 1번가 쪽에 위치한 카페인데, 이곳도 창가 맞은편에
신호등이 있어 사람들을 관찰하고 그리기에 좋다. 다소
한산하긴 하지만 근처의 애완동물 상점 유리 너머로
강아지나 고양이를 바라보는 사람들, 토스트가게에서
토스트를 기다리는 사람들을 볼 수 있다. 버스를
정차해놓고 아이스크림을 먹으며 잠깐의 휴식 시간을
즐기는 기사 아저씨도. 비슷한 듯 다른 재미있는 간판을
건 가게들도 줄지어 있다. 앞으로 이곳에 종종 오게 될 것
같다.

나처럼 사람들을 관찰하거나 드로잉 해보고 싶은
사람이라면 적당한 카페를 찾아보면 좋을 것 같다.
내가 생각하기에 그림 그리기 좋은 카페의 조건은, 창가에
자리잡았을 때 너무 멀지 않은 거리에 사람들이 보이는 곳,
특히 횡단보도가 있으면 좋다. 아무래도 걸어가는 사람을
순간적으로 포착해서 후루룩 그려내기는 쉽지 않으니
잠시라도 사람들이 머물러주면 그리기 수월하다.

사람들을 바라보며 그림을
그리다보면 내가 사람의 어떤
점에 흥미를 느끼는지를 새삼
알 수 있게 되는데, 내 경우에는
체형과 옷을 보고 그 사람을
그리고 싶어지는 경우가 많다.
마른 사람이 만들어내는 성긴
실루엣이나 살집 있는 사람의
둥그스름한 실루엣을 보았을 때.
또 옷의 전체적인 색 조합이
산뜻할 때, 그리고 싶어진다. 특히 남자
노인의 단정한 재킷 차림을 좋아한다.

그림을 그리는 사람마다 타인의 모습에서 관심을 갖는
포인트가 다를 것이다. 표정의 미묘한 변화나 분위기를
예민하게 감지하며 얼굴 중심으로 묘사하는 사람, 작은
디테일에서부터 이야기를 읽어내는 사람도 있을 것이다.
독특하거나 개성적인 모습에 반응하는 사람도 있을 테고.
같은 것을 바라보더라도 보는 사람마다 느끼는 점도
묘사하는 방법도 다르다는 사실이 재미있다.

어느 날은 마음에 드는 그림이 그려지고 어느 날은 잘 되지
않는다. 별로라고 생각했는데 나중에 보면 괜찮아 보이기도
한다. 신림동의 카페가 아니면 안 된다고 집착했는데,

어제 산
카스테라

노오란

카스테라

바둑이 st.

요즘은 여기저기서 드로잉을 하고 있다. 어디에서라도
그릴 수 있는 것이었다. 굳이 멀리 나가지 않아도, 거창한
곳이 아니라도. 일단
밖으로 나가면 시각적으로
전환되는 요소가 있고,
그것을 발견해 내 식으로
표현한다. 일상의 장소에서
본 것들을 조합해서 내가
만들 수 있는 이미지를
부지런히 만들어간다.

저 남자, 자기 자신에게 취해 있는
것 같다. 우수에 찬 표정으로 몹시
불편해 보이는 포즈를 고수하고
있어. 어떤 음악을 듣고 있는 걸까?

뭔가
불편해보이는
포즈

주변의 간판을 보면 은근 재미있는 게 많다.
신대방역 근처에서 본 '취하는 건 바다'라는 작은
주점. 굳이 취하는 건 'BAR다'라고 하지 않은
담백함이 마음에 든다. 바다가 취한 것 같고 취한
바닷가의 파도소리가 들리는 것 같아 정취가 있다.

안양역 부근에 있는 '이모네 중앙닭발' 간판에는
위풍당당한 이모님 얼굴이 걸려 있다. 간판의 상호와
이모님 사진을 창문에도 반복해 보여주면서 이모님의
카리스마가 강조되고 있다.

양꼬치 집 간판엔 양 얼굴
중앙닭 발 간판엔
이모(?) 얼굴

이모네 중앙닭발 양옆으로는 양꼬치집과 조개구이집이
있는데 양꼬치집 간판에는 양 얼굴이 걸려 있다.
양꼬치집도 사진으로 뭔가를 하고 싶었던 걸까. 하지만
이모님 얼굴과는 달리 양 얼굴이 어쩐지 구슬프게 느껴지는
건 어쩔 수가 없다.

이렇게 된 이상 조개구이집도 뭔가를 하지 않을 수
없었다는 듯 간판이 화려하다. 조개에는 얼굴이 없으니
이쪽은 물량공세로 승부한다. 각종 조개와 열대어와
해산물 사진이 벽을 가득 채우고 있다. 가게 이름은 '오늘은
조개생각 내일은…' 으로 뭔지 모를 여운을 남기고 있다.
(아무래도 이 세 곳, 같은 곳에서 간판을 만든 것 같다.)

마침 조개구이집 사장으로 보이는 아저씨가 가게 앞에
세워둔 해산물 운반 트럭을 오가며 일하시는 중이다.
건장한 체격의 아저씨는 비닐 소재의 긴 앞치마와 노란
고무장갑, 청바지 위로 종아리까지 올라오는 남색 장화를
신어 모범적인 수산시장룩(?)을 완성했다.

앗, 자세히 보니 조개구이집 트럭에 아저씨 사진이 있다.
이곳도 얼굴을 포기하지 않았군…….

조개생각 아저씨

지나가는

평범한
사람들을

기록한

일러스트레이터의
노트

노인들은 의외로—라고
할까. 옷을 잘 입는다. 유행에
민감해 쇼핑을 자주 하는 것도
아니고 값비싼 명품 옷을 입는 것도
아닐 텐데 오랜 세월을 함께 보내며 닮아가는 친구처럼
옷이 그 주인과 나란히 나이들어, 한 덩어리처럼 조화롭게
어우러진다. 자연스러운 멋이 있다.

몸가짐에 조심스러움이 배어 있는 단정한 느낌의 남자
노인을 보는 것이 좋다. 베레모나
중절모를 머리에 얹고 몸보다 넉넉한
재킷을 걸친 할아버지의 실루엣은
사람의 움직임에 오래 길들여져
자연스럽다. 익숙한 옷을 편안하게
걸치고 무심한 표정으로 천천히
걷는다.

남자 노인 중에는 베이지 컬러를 잘 소화한 패션의
달인들이 많다. 하얀빛을 머금은 밝은 베이지부터 푸른
기가 가미된 베이지, 진한 베이지까지. 마치 두부나 콩의
색깔처럼 유순한 색감이다.
거기에 파란색이나 회색 옷을 매치한 모습을 자주 보는데
물이 빠진 연하고 수수한 느낌이 편안하다.
그런 노인을 바라보고 있노라면 어떤 장면이 연상된다.
단출한 가구와 집기만 갖춘 네모난 방 안, 말수 적은
할아버지가 외출을 위해 천천히 손을 뻗어 옷걸이에 걸린
익숙한 재킷을 내려 가만히 걸치고 두어 가지의 모자 중
하나를 골라 머리에 쓰는 모습.
볼 일을 마치고 해질 무렵 다시 방으로 돌아온 할아버지가

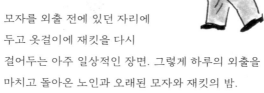

모자를 외출 전에 있던 자리에
두고 옷걸이에 재킷을 다시
걸어두는 아주 일상적인 장면. 그렇게 하루의 외출을
마치고 돌아온 노인과 오래된 모자와 재킷의 밤.

여자 노인의 옷도 아름답다. 할아버지가 담백하고 수수한
멋이 있다면 할머니에게는
다양한 색과 무늬가 만드는
포근하고 귀여운 멋이 있다. 소위
'할머니 옷'이라고 불리는 빈티지
패션이 꾸준히 사랑받는 걸 보면
옷에도 보편적인 아름다움이
있는 것이리라.
여자 노인의 옷 하면 여러 가지
무늬를 떠올리지 않을 수 없다.

노인은 한 자리에 함
대로 앉아있는다.
고양이처럼.

잔잔한 것부터 크고 화사한 꽃무늬, 단정한 체크무늬,
땡땡이 무늬가 옷감 위를 떠다닌다. 그리고 레이스 양말과
투박한 굽이 달린 단화의 아름다움. 양산이나 모자 등
소품의 활용도 다양해서 눈이 즐겁다.
할머니들이 즐겨 입는, 실로 짠 니트는 여름부터 겨울까지
때로는 성글게 때로는 포근하게 사람을
감싼다.

언젠가 빈티지가게에서 꽃무늬 카디건을
보고 반해서 구입한 적이 있다. 검은색
바탕에 베이지 톤의 굵은 실로 크고
작은 꽃과 줄기가 수놓아져 있고, 같은
톤의 동글동글한 단추가 쪼르르 달려 있는
옷이다. 의자 위에 툭 걸쳐놓기만 해도
주변의 공기가 조금은 데워지는 느낌이
든다. 지금은 외출복으로는 입지 않지만
노인이 되면 자연스럽게 걸치고 외출을
다녀올지도 모르겠다.

백만의 훌륭트
입어.

백만의 할머니.
쉬크한
셔츠

굴러가는가방 (지팡이 겸용 같다) 노인
정리 하신다. 할머니의 자세기. 반명함 특유의

51

어느 오후. 할 일
없이 느릿느릿
동네를 산책하고
있었다. 초여름의
오후 주택가는
평소보다 더
조용하게
느껴졌고 하얀

햇빛이 눈부셨다. 무심코 나선 산책의 나른한 즐거움에
생각보다 오래 걸었다. 땀이 조금 배었던가. 뛰어노는
아이도 없이 고요한 놀이터를 끼고 오른쪽 길로 꺾어
걷는데 저 앞으로 비슷한 듯 다른 옷을 입고, 비슷한 듯
다른 양산을 나눠 쓴 할머니 세 분이 나란히 걸어가고
있었다.

파란색의 자잘한 꽃무늬 치마와 레몬색 블라우스
하늘색 재킷, 소라색 치마
커다란 노란색 꽃과 녹색 이파리 블라우스

할머니들의 자잘한 꽃무늬, 큰 꽃무늬, 레몬색, 파란색,
소라색 위로 둥그렇고 하얗게 빛나는 양산은 완벽하게
조화를 이뤄서 주변의 나른한 동네 풍경이 순식간에
살아나는 듯했다.
오늘의 드레스코드를 상의한 걸까? 오랜 시간 공유하며

축적된 취향이 어우러진 걸까? 문득 앞서 걷는 할머니들의
옷장이 궁금해졌다. 여러 무늬들과 고운 색들로 채워져
있을 것 같아.

생각 없이 나온 산책길에서 본 세 분의 모습은 깜짝 놀랄
만큼 아름다웠다. 이럴 땐 그림으로 남기고 싶어서 마음이
조급해진다. 내 마음을 알 리 없는 할머니들은 유유히 갈
길을 가셨지만⋯⋯.

대형마트 3층 푸드코트에서 늦은 저녁을 먹고 있었다. 맥도날드의 얇은 치즈버거는 왜 이렇게 맛있는 걸까? 금세 햄버거를 먹어 치우고 커피를 마시며 책을 읽다가 문득 옆 테이블을 보니 할아버지 한 분도 혼자서 책을 읽고 계신다. 회색 양복과 동그란 모자. 하늘색 스트라이프 셔츠를 입은 할아버지는 오래된 것처럼 보이는 낡은 책에서 눈을 떼지 않으셨다. 다만 오른손은 책 옆에 놓인 김스낵 봉지와 입속을 부지런히 오가고 있다. 김스낵. 맛있는 건가보다. 단정한 모습으로 책을 읽으시지만 과자봉지에 자꾸자꾸 손이 들어가는 모습이 어쩐지 재미있어서, 몰래 그림으로 남겼다.

바사삭 바사삭 소리가 난다.

E-MART PM 10:17
옆자리의 할아버지는
김스낵을 드신다.
자주자주 드신다.
과자봉지에 손이 들어간다.
바사삭 소리가 난다.

할아버지가 약봉지를 들고 가신다. 얇고 바스락거리는 하얀
약봉지를 들고 천천히 걷는 노인을 보고 있자면 쓸쓸한
기분이 든다. 나이든 내 고양이도 생각나고.

하얀 사람

흰봉따리

여름. 하얀 할머니가 지나간다.
동글동글 파마한 새하얀 머리에
하얀 모시 소재의 상의는 품이
넉넉하다. 치마도 밝은 빛이
도는 은은한 베이지색.
게다가 손에 든 조그만
비닐봉지까지 하얀색이다.
이런 우연한 어울림을 발견하면
무척 즐겁다. 저 할머니는 본인이
얼마나 아름다운지 아실까?

'하얀 복장의 사람' 하니 신림동에 살 때 동네에서 봤던
사람이 떠오른다. 머리(는 검었지만)부터 발끝까지 하얀
착장을 한 사람. 상의도 흰색, 하의도 흰색, 매끈거리는
통굽 신발도 흰색. 온통 흰색. 그런데 그 흰색의 톤이 푸를
정도로 새하얘서, 나도 모르게 멍하니 바라봤던 기억이
있다. 용한 점쟁이에게 잘 풀리는 색이 흰색이니 다른 색은
거들떠보지도 말라는 신신당부라도 들은 걸까. 아니, 그저
유별나게 흰색을 좋아하는 사람인지도 모르지.
작고한 모 패션 디자이너처럼. 산본에서도 하얀 사람을
봤다. 호리호리한 체형의 남자 노인이었는데 중절모는
베이지색이었지만 이분도 거의 푸르게 보이는 빳빳하고
하얀 와이셔츠와 바지를 입었다. 우윳빛으로 매끈하게
빛나는 구두도 당연히 흰색. (이 분도 하얀색을 권하는

점쟁이를 만났나?) 이런 독특한 패션 센스를 가진 사람들을
발견하는 것도 일상의 재미 중 하나다.

몇 달 뒤, 버스를 타고 가는데 창밖으로 익숙한 사람이
지나간다. 하얀 할아버지다. 중절모의 색이 달라졌다는
점을 제외하면 셔츠도 바지도, 우윳빛의 매끈한 구두도
그대로다. 아는 사람을 우연히 마주친 것처럼 반갑다.

나이들면 머리숱이 적어져서(나는 지금도 적은데!) 두피가
많이 비치기 때문에 '뽀글이 파마'의 길로 들어선다고 한다.
파마로 머리카락을 뽀글하게 말아 두피가 비쳐 보이는
면적을 최소화하는 전략인 것이다. 그럴 듯하다. 게다가
뽀글이 파마는 관리가 무척 편하다고 한다. 머리를 감고
탁탁 털어 말리기만 하면 따로 신경 쓸 게 없으니까. 미용실
의자에 앉기가 겸연쩍고 귀찮은 나 같은 사람들에게는
거부하기 힘든 장점이다.
뽀글이 파마는 그 스타일을 선택하는 것이라기보다는
합리적인 이유(탈모, 관리의 편리함, 비용 문제)로 인해
다른 스타일을 포기함으로써 결과적으로 얻어지는 모습이
아닌가 싶지만…….

어렸을 때는 절대
천편일률적인 뽀글이
파마의 대열에 합류할
일이 없을 거라고
자신했지만 축축
쳐지고 손질하기도
어려운 머리보다는
차라리 뽀글이 파마의
유혹에 굴복해 마음의
평화를 얻는 길을
택할지도 모르겠다.

이 파마르 제이 5아 한게
언제일까? 게

그리고 뽀글이 스타일도 자세히 보면 전부 다르다.
다양한 스펙트럼이 존재하는데 다 같은 뽀글이 파마로
묶어버리면 무신경하다고 혼쭐이 날지도 모른다. 앞머리
유무부터 가르마의 위치, 컬의 굵기나 방향에 따라 여러
가지 스타일이 존재한다. 거기에 색과 길이의 변수까지
더하면 실로 다양하다고 할 수 있다. 투구 같은 전투적인
스타일부터 느낌만 낸 절충형 스타일까지. 이 세계도 넓고
깊으며 나름의 디테일이 있는 것이다.

그럼에도 불구하고(?) 지금 20~40대 여성들 중에는 뽀글이
파마는 생각도 하지 않는 사람이 많을 것 같다. 여자의 인생
어느 순간부터 느닷없이 나타나는, 공장에서 찍어낸 듯한
뽀글이 담합에 반감 섞인 의문을 품었을 세대니까. 이것은

단순한 헤어스타일이 아니라 어떤 세계관의 입장권이며
나는 그쪽으로는 가지 않을 거야 하는 마음. 뽀글뽀글한
머리를 완성시켜 줄 파마 롤에 머리를 맡기는 순간
'아아. 나도 결국……' 하며 탄식하게 될지도 모른다.

한편으로는 문득, 질긴 고무줄로 고정한 얇은 롤을 머리에
말고 있는 자신의 모습을 거울 너머로 지켜보는 어떤
여성의 마음에 대해 생각해보게 된다. 오래된 사진 속
나의 엄마도 오빠와 나를 한창 키우던 때에 이렇게 둥글게
곱슬거리는 짧은 머리를 하고 있다.
뽀글뽀글.
지금의 나보다 훨씬 어린 나이의 엄마다.

아무튼 그래서, 나는 과연 뽀글이가 될 것인가. 내
친구들은? 몹시 궁금하다.

아저씨를 그리는 걸 좋아한다. 특히 어느 정도 살집이 있고
단단한 체형을 한, 흔한 양복바지와 셔츠 차림의 아저씨를.
남자 노인의 수수하고 담백한 옷차림과 마른 몸을 그리는
것만큼이나 재미있다. 통짜 허리에 두툼한 팔, 단순한
헤어스타일을 한 그들은 전체적으로 네모나게 보여서 나는
그들을 '네모난 사람'이라고 부른다. 누구나 금세 떠올릴 수
있는, 흔하게 볼 수 있는 모습이다.

네모난 사람의 외형적 담백함은
이루 말할 수 없다. 마치 레고
피규어 같다. 레고 피규어가
그 단순한 포맷으로도
끝이 없을 정도의 조합이
가능하듯, 네모난 사람도
비슷한 듯 다양해서 보고 또
봐도 싫증이 나지 않는다.

← 비둘기색
색연필이
필요하다.

저기 네모난 아저씨가 손잡이 달린 납작한
네모 가방을 들고 네모난 몸을 잠시 멈춰 서서 녹색 신호를
기다리고 있다.

허리가 통짜라서 바지가 허리 어디쯤에 머물러야 할지
모르겠는 몸. 그 허리춤의 높낮이는 아저씨 개개인의
취향과 판단에 따라 달라지는데, 바지를 한껏 올려 입은
아저씨의 모습은 하이웨이스트 패션의 귀여움 버전으로
손색이 없다. 하지만 자칫 판단이 흐려진 아저씨는

가슴께까지 바지를 추켜올리고
등장한다. 조금은 귀여워 보이려는
노림수가 있는…… 건 아닌 것 같고, 대개
이런 경우는 배가 나온
아저씨들이 많다.
벨트가 둥그렇게 나온
배 중앙에 자리하면
자꾸 흘러내리니까,
에라 모르겠다 하고
가슴 아래까지
시원하게 추켜올리는
게 아닌가 싶다.

네모난 사람이 나타나면 나도 모르게 그리고 만다. 특히
반팔 차림일 때 얼굴의 피부색과 팔의 피부색이 조화롭기

때문에 여름에 네모난 사람을
그리는 게 더 즐겁다.
셔츠는 대개 희거나 푸르거나
회색 계열. 체크나 줄무늬는
옵션. 그리고 짙은 색
양복바지를 입고 신발은 튀지
않는 블랙이나 브라운 계열의
납작한 구두를 신는다. 보수적인
네모난 사람은 이 정도의 틀에서

크게 벗어나지 않는다. 가끔 화려한 셔츠도
보이기는 하지만. 철칙은 상의를 반드시
바지 안에 넣어 입어야 한다는 것.

바지의 핏은 벙벙하다. 나는 남성의
정장에서 와이셔츠가 바지춤에 들어간
허리 부분의 실루엣이 섹시하다고
생각하는데, 네모난
사람은 이 또한 귀엽게 소화하고 만다.
'맵시보다는 편안함이지!' 하고 외치듯
바지를 대체로 넉넉하게 입기 때문에
벨트를 맨 허리춤을 시작으로 바지는
둥실하게 부풀어 있다. 그런 단순한
실루엣에 정감이 간다.

네모난 가죽 가방을 들고 퇴근하는 네모난 사람의 다른
손에는 과일이 담긴 봉지가 있다. 가족과 먹기 위해 맛있는
과일을 고른 네모난 사람. 고단한 하루를 마치고 집으로
가는 네모난 사람. 오늘도 고생하셨습니다.

아저씨들의 흥미로운 하이웨이스트 패션.

봉다리 낀 모르는 두개

따늉기

맛있는 과일을 고르는 안목을
가지고 있습니까?
나는 아직도 과일을 사는 것이
어렵다. 대충 샀는데 맛이 있을
때가 있는 반면, 고심해서 고르고
골랐는데 나중에 보니 어이없게도 상해 있거나 하는 등
과일 고르는 솜씨가 들쭉날쭉이다. 그래서 과일을 잘
고르는 사람을 보면 멋지다고 생각한다. 동네 친구가
딸기를 신중하게 고르면서 딸기 박스를 들어 향을 맡아보는
모습도 왠지 멋져 보였다. 이런 자기만의 기준을 가지고
하는 사소한 행동이 보기 좋다.

노란 옷을 입고 오렌지 두 개가 든 봉지를 들고 가는
아저씨를 그렸다. 그려놓고 보니 색이 예뻐서 좋다. 과일을
담은 봉지를 든 아저씨들이 보이면 서둘러 그림으로 남기곤
하는데 아빠가 생각나서 그러는 건지도 모르겠다.

참외

맛있는 과일 많이 사셨다.

아빠는 집에 오는 길에 과일을 자주 사 오셨는데 퇴근길에 마주쳐 같이 과일가게에 들를 때면, 아빠 나름의 과일 고르는 철학이랄까 '이런 걸 사야 돼' 하는 믿음 같은 걸 가지고 있음을 알 수 있었다. 예를 들면, 귤은 껍질이 얇고 자잘한 게 맛있다는 것. 가끔은 큰 귤을 먹고 싶은데, 아빠에겐 말해봐야 소용없다. 정작 그 귤을 먹는 건 나고 아빠는 시다고 잘 드시지 않으시면서……

자전거

자전거는
어렵네

자전거를 탄 사람이
걷거나 서 있는 사람 사이로
느릿느릿 지나간다. 안장 위에
앉아 오르락내리락 다리를 움직이며
페달을 밟아 자전거를 앞으로 굴린다. 우아하고 편안해
보이지만 수면 아래에서는 열심히 발을 구르는 오리를
연상하게 하는 자전거 사람이 무심한 얼굴로 슥 — 앞을
지나가면 그 모습을 노트 위에 그려두고 싶어 서둘러
펜을 든다. 하지만 대개는 실패. 잘 그리고 싶다는 조급한
마음으로 모자에서 얼굴, 팔 쪽을 그리다보면 야속하게도

도로록~ 바퀴를 굴리며 지나가버리는 것이다. 또 속절없이
놓쳐버렸다.

아아— 아깝다.

노트 위에는 상체만 그려져 있고 정작 포인트인 페달 밟는
다리의 모양이나 자전거는 손도 못 댄 그림이 수두룩하다.

운 좋게 횡단보도에 멈춰 선채로 신호가 바뀌길 기다리는
자전거 사람을 마주칠 경우에는 그리기가 좀 낫지만 그릴
요소는 많고 언제 떠나버릴지 모른다는 초조함 때문인지
자전거 모양이 찌그러져 이상해지곤 해서 그 모습을 제대로
살려내지 못하는 경우가 허다하다.

이러니저러니 자전거 사람 그리기는 어렵다.

그리고 싶은 매력을 가진 자전거 사람이란 무엇인가?
안장의 높이를 몸에 맞게 잘 조절하고 상체를
숙인 채 능숙하게 나아가는 사람이나 저지
소재의 본격적인 자전거 복장을 갖춘
사람은 딱히 그리고 싶다는 생각이
들지 않는다. 그리고 싶은 자전거
사람은, 상체를 일자로 세우고,
안장이 묘하게 낮아 다리가
양옆으로 벌어진 채로 천천히
나아가는 사람이나 엉덩이 뒤에
짐을 싣고 달리는 사람이다. 왠지

뚱하니 귀엽다.

그들 중에는 납작한 모자를 쓰거나 주머니가 여러 개 달린
조끼와 면바지를 입은 사람이 많다. 소박한 느낌을 주는
자전거족은 언제 봐도 매력적이다.

그러고 보니 자전거 사람 중에는 아저씨들이 유난히 많다.
동네에서 종종 보는 자전거 탄 학생들도 대개는 남자다.
왜일까? 아무래도 교복치마가 자전거 타기에는 불편하기
때문이려나. 말이 나왔으니 하는 말이지만, 여자 교복은
상의마저도 불편한 경우가 많은 것 같다. 내 고교 시절
하복을 떠올려봐도 옷의 구조 자체가 몸의 움직임을
제한하는 구석이 있어서, 만세 자세라도 할라치면 배가
노출되거나 옷이 따라 올라와서 옷매무새를 정리해야 하고
소재에 신축성이 없어 어깨를 앞쪽으로 깊게 숙이기에도
불편했던 기억이 난다.

맵시를 위해 옷을
따로 수선한 것도
아니었는데. 옷이
생기길 그렇게
불편하게 생겼었다. 단정해
보이는 것도 좋지만
옷이란 일단 편해야 하는
거 아닌가.

녹색 굵게 체크무늬 셔츠
라전거아저씨

앗— 다시 등장한 녹색조끼
체크무늬셔츠
자전거아저씨
뒤에 노란색
박스가 있구나.

가까운 일본이나 중국에서는 남녀노소 가리지 않고
자전거를 많이 타는 것 같다. 아이를 자전거 앞쪽에 달린
전용 의자에 태우고 달리는 아기엄마도 여러 번 봤고,
상하이에서는 품이 넉넉한 하늘색 셔츠에 흰색 바지를 입은
할머니가 가로숫길 사이로 자전거를 타고 지나갔지. 그
모습이 어찌나 경쾌하던지. 동네와 닮은 동네 사람들이
자전거를 타고 들들들들……. 한가한 느낌으로 동네
사이사이를 누비는 모습은 언제 봐도 기분 좋은 풍경이다.

자전거를 타고 유유히 지나가는 사람을 그냥 떠나보내기
아쉬운 마음에, 매력적인 자전거 사람을 발견하면
휴대폰으로 사진을 찍어둔다. 이번엔 꼭 그리고 말거야—!
그렇지만 사진을 보고 천천히 그린다고 좋은 그림이
나오는 건 아니다. 사진을 보고 그리면 세부를 그릴 시간과
정보량은 넉넉하지만, 같은 이유로 일종의 긴장감이

떨어져서 굳이 필요하지
않은 요소를 덧붙여버려
그림에 군더더기가 생긴다.
그러므로 사진 자료가
있더라도 끊임없이 판단해야 한다.
무엇을 선택해 그릴 것인지. 무엇을 포기할 것인지. 약간의
누락된 부분이라고 할까. 선택에 수반되는 포기로 인한
불완전함이 오히려 그림에 묘한 매력을 주는 것 같다.
그러고 보면 모든 그림이 이 문제인 것 같다. '무엇을
선택할 것인가?'

결론은 자전거 사람 그리러 여행 가고 싶어졌다! 중국이나
일본의 작은 동네로. 이런 식으로 콘셉트를 정해 드로잉
여행을 떠나면 즐거울 것 같다. 막연히 '그림일기를 써야지'
하고 펜과 노트를 잔뜩 챙기면, 짐과 부담감에 짓눌려
어디서부터 시작해야 할지 막막해져버려서 포기하기
일쑤지만, 동네에서 자전거 타는 사람, 식사일기, 쇼핑한
물건, 인상적인 간판이나 독특한 물건 등 주제를 정하고
그림도구를 최소화 하면 실패 확률이 적어질 것 같다.

꼭 비행기를 타고 멀리 떠나야 하는 것도 아니다. 상황이
여의치 않다면 근처에서 드로잉 산책만 해도 좋겠다.
하지만 가능하다면 역시 여행지에서 그림을 그리고 싶다.
없던 에너지도 생기는 낯선 곳에서 생각지 못한 의외의
드로잉을 하고 싶다.

여름. 찌는 듯한 뜨거운 햇별 아래에서
양산은 한 사람 분의 그늘을 만든다.
양산은 여자들의 여름나기 아이템이다. 여자의 얼굴이,
드러난 손이나 팔이 양산이 만든 그늘 안으로 들어간다.
　　　크거나 잔잔하거나 화려하거나 담백한 각종
　　　꽃무늬들이 하얗게 부서지는 햇빛 속을
　　　둥글게 떠다닌다.

　　　　양산 쓴 사람을 바라보는 일은
　　　　여름의 작은 즐거움 중 하나다.
　　　　단색이 많은 우산에 비해
　　　　양산은 소재부터 색과 무늬까지
　　　　생김새가 무척 다양하다. 하지만 조금
　　　　아쉬운 점은 꽃무늬만 유독 많다는
　　　　것. 꽃무늬가 아름답기는 해도 좀더
다양해질 수 있을 것 같은데.
얼마나 많은가. 체크무늬, 줄무늬,
기하학무늬, 동물이나 식물무늬…….
　　일러스트레이션을 잘 활용해서 만들어도
　멋질 것 같고. 그래도 예전에 비하면 점점
양산의 모양새도 다양해져서 과한 장식이 부담스러운
사람도 선택할 수 있는 범위가 늘어난 것 같기는 하다.

양산을 쓴 남자는 드물다. 상대적으로 피부가 그을리는

여름은 양산

젊은이도 양산

아저씨도
양산
(우산 겸용인듯
심플한 하늘색)

파라랑
파라랑
비

것에 대한 거부감이 덜하기 때문일까, 양산을 챙기는 것이
번거롭기 때문일까. 나도 그랬다. 우산과 달리 양산은
있어도 그만 없어도 그만 아닌가. 햇빛 따위! 하며 눈과
콧등을 잔뜩 찌푸린 얼굴로 햇빛 한가운데를 종종거리며
지나다녔다. 하지만 양산을 써보니 이것의 역할이 의외로
커서, 양산의 맛(?)을 알고 난 후로는 웬만하면 가방에
상비해 다닌다. 레이스나 큐빅이 붙어 있거나 본격적인
꽃무늬 양산은 어쩐지 쑥스럽고 내가 입는 옷과도 영 안
어울려서 우산 겸용을 쓰고 있지만, 언젠가는 마음에 드는
양산을 찾기를 기다리고 있다. 담백하면서도 아름다운
무늬의 양산을 만나면 놓치지 말아야지.

그을린 피부와 하얀 옷, 양산, 반팔 와이셔츠 아래로 드러난 팔, 산뜻한 색의 조합들.

여름의 비

여름에는 더위와 습도 때문에 '버틴다'는 느낌이
들 때도 있지만, 또 지나고 나면 문득문득
그립다. 여름의 비 냄새도.

습기를 머금은 비가 지루하게 이어지는 날에는
간단히 푸른색 계열의 펜을 몇 자루 챙겨 나와
그림을 그린다. 우산을 든 사람들이 종종거리며
빗방울 아래를 지난다.

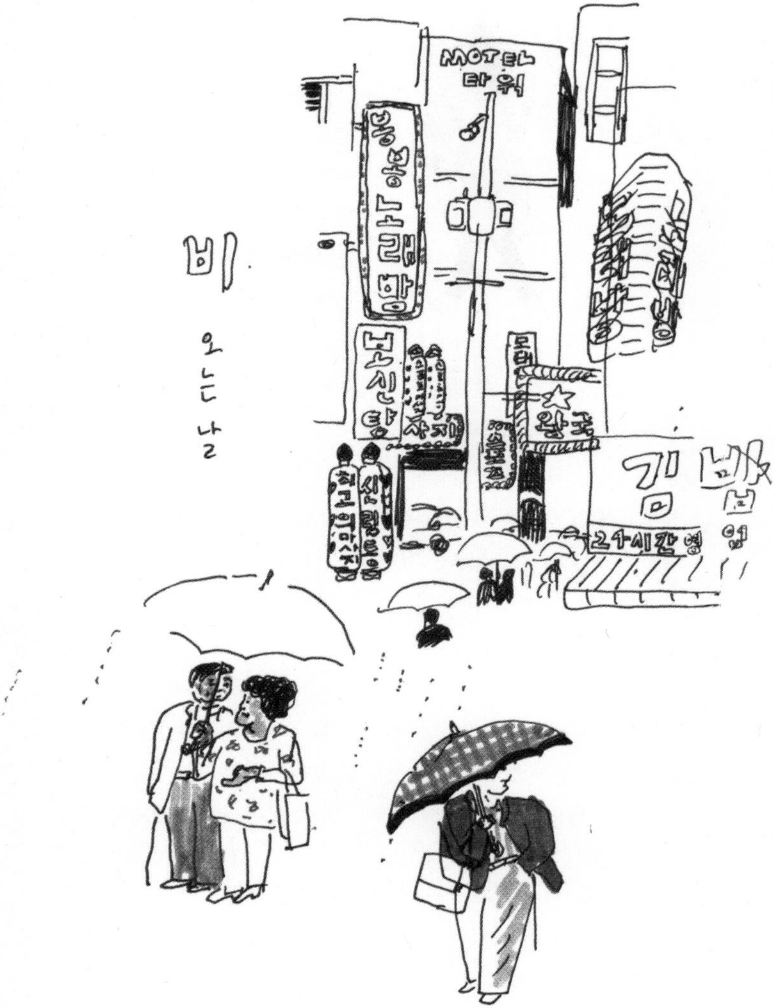
비 오는 날
MOTEL
타워
봉봉노래방
보신탕
김밥
24시간 영업

신림동 카페의 맞은편에는 빵집이 하나 있다. 내부로 들어가지 않고 길가에 면한 쇼케이스 안이나 그 위 진열장에서 바로 빵을 골라 계산하는 소박한 가게로, 가격도 비교적 저렴한 곳이다.

쇼케이스가 길가에 면해 있기 때문에, 사람들은 길을 걷다가 빵에 시선을 빼앗긴다. 또 빵집이 횡단보도 옆이다보니 신호가 바뀌길 기다리는 중에 심심풀이로 멍하니 빵을 구경하기도 한다. 그곳에서 그렇게 빵을 고르는 사람들을 바라보는 것이 은근히 재미있어서, 나도 일하는 틈틈이 빵집 쪽을 멍하니 바라보곤 한다.

한참 빵을 고르다가 그냥 몸을 돌리는 사람도 있고, 다른 사람이 빵을 사는 모습을 멀뚱히 바라보는 이도 있다. '나도 살까?' 생각하고 있는 것 같다. 또 고민 끝에 몇 가지 빵을 골라 봉투에 넣어 들고 가는 사람도 있다. 빈손이었는데, 그곳을 지나면 대롱대롱 빵 봉투가 손에 쥐어지는 단순한 변화가 괜히 뿌듯하다.

노랗고 말랑하고 달콤한 빵을 사는 사람들.

한 젊은 남자가 빵을 샀다. 단숨에 고르는 걸 보니 자주
먹는 빵이 따로 있나보다. 전체적으로 웨이브가 들어간
헤어스타일에 튀지 않는 멋진 수박색의 얇은 코트를
입었다. 어쩐지 옷을 좋아하는 사람 같다.

나는 쇼핑을 좋아하는 편이 아니어서 편안하고 적당히
어울리는 옷을 찾아 대충 돌려가며 입는 것으로
충분하지만, 옷을 좋아하고 잘 입는 사람이 주변에 있으면
그 사람과 만나는 날이 은근히 기대가 된다.

뽐내는 듯한 화려함이나 유행하는 스타일보다는 자기만의
취향을 가진 사람이 좋다. 색이나 소재에 대한 안목이 있고
자기가 가진 분위기와 체형에 맞는 옷을
입을 줄 아는 사람. 특히 옷에 적당한
위트가 배어 있는 사람을 보면 쇼핑을
좋아하지 않는 나도 '아, 옷 사고 싶다!'
하는 쇼핑 의욕이 샘솟는다.

코트 위로 나온
초록 후드 모자

연 노랑

비둘기색

검은 회색

바지와
네모는 모자가
먼저다.

폭이 큰 남방과 넉넉한
청바지.
귀여워

다홍색이랑
초록색의 조화가
생기있다.

양파랑 저렴한게 한 뜨거

마른 빵을 들고 간다

슈퍼에서 뭘 살까?

빵

둥실하게 부풀어오른 노란 빵. 빵이 좋아.
천천히 아껴 먹어도 맛있고, 입안이 꽉 차게 한입 크게 베어
물고 우물우물 씹어 먹어도 맛있다.

다른 이들이 빵을 고르는 모습을 보는 것은 왠지 즐겁다.
당신은 어떤 빵을 좋아하십니까? 크림빵, 크로켓, 꽈배기,
단팥빵, 소보로빵……
신림동 카페 맞은편 길가에 면한 빵집에는 이런 추억의
빵들이 잘 갖춰져 있어서 그런지 나이가 지긋한 사람들도
많이들 사 간다. 빵을 사서 바로 떼어 먹으며 좋아하는 두
아저씨의 표정이 행복해 보인다.

다른 사람들의 생활감을 엿보는 것을 좋아한다. 마트에서 다른 사람의 장바구니를 슬며시 구경하는 것도 재미있고. 저녁 시간이 가까워지는 어스름한 해질녘에 길을 걷다 어느 집에서 풍기는 찌개나 생선구이 냄새를 맡으면 괜히 기분 좋은 안도감이 들기도 한다.

늦은 오후에는, 일과를 마치고 먹을거리나 생필품 장을 봐서 집으로 돌아가는 사람들을 쉽게 볼 수 있다. 둥그렇게 부푼 봉지를 들고 집으로 향하는 사람들. 봉지 안에 뭐가 들었을까. 집에 도착한 봉지 속 재료들은 그날의 맛있는 음식이 되겠지. 나도 들어갈 때 뭔가 사가지고 갈까. 저녁은 뭘 먹을까…… 하면서 그 모습을 바라본다.

끼니만큼 일상적이고 중요한 것이 또 있을까 싶다. 결혼을 하고 보니 새삼 깨닫는다. 집에서 밥을 해먹는 일은 결코 쉽지도 않을 뿐더러 당연한 일도 아니다. '집밥'에 수반되는 노동이라는 것이 한두 가지가 아니니까. 장보기와 식재료 다듬기, 불 앞에서 찌고 굽고 볶고 데치는 조리 과정과 남은 음식물 보관, 설거지와 음식물쓰레기 처리까지. 이것은 기본이고 주기적으로

냉장고에 쟁여둔 재료들을
정리하고 청소하기까지
하면 수없이 많은
일거리들이 '집밥' 속에
있다.

동네에서 사람들을
그리다가 문득 깨닫게
되는 건 장바구니 옆에는
많은 경우 아주머니들이 있다는 것이다. 백팩이나 둥글
넙적한 가방을 어깨에 둘러 멘 중년의 여성이 손에도 한
짐을 들고 걷는다. 비닐봉지든 얇은 천으로 된 장바구니든
바퀴 달린 장바구니용 손수레든, 아무튼 그 주인은 중년
여성인 경우가 많다. 그 안에 든 식재료를 다듬어 조리하고
차려내고 정리하는 것도 대부분 그들의 몫일 거라고
생각하면 마음 한구석이 갑갑해진다.

장보기만큼은 별다른 기술이 필요한 것이
아니니 가족 구성원과 분담해도 좋을
텐데. 음식을 만들고 먹으며 생활을
꾸려간다는 것은 건강한 일상을
지탱하는 바탕이 되지만 때로는 힘에
부치고 지겹기도 할 터. 그럼에도
사실상 그들의 노동이 당연한 것으로
치부되는 경우를 흔하게 본다.

결혼을 하고 살림을 꾸리면서 새삼 놀랐던 건, 집안일의
'반복성'과 '잠재성'이었다. 일상의 쾌적한 상태를 유지하기
위해서는 무수한 노동이 뒤따를 수밖에 없다. 몸의
분주함도 분주함이지만, 뇌의 한 부분을 집안일에 할애해야
하는 것이 때로는 꽤 성가시다. 집안일은 하는 사람의
눈에만 보이는 것인지라 책임을 느끼는 사람은 점점 더 티
안 나게 손이 많이 가지만 정작 다른 가족들은 신경을 쓰지
않으며 실제로도 잘 모를 때가
많다. 안 하면 티가 나지만 해도
티가 안 난다는 것이 집안일의
얄궂은 점이다. 이렇게 말하니
살림을 엄청 세심하게 하는 것
같지만 적당한 상태를 유지하는
정도로도 일거리는 충분하다.

결혼 초에는 이 문제를 어떻게
표현해야 할지 몰라 당황하고
답답했다. 내 공간과 우리의 살림을 꾸미는 즐거움이
있었지만 자꾸 집안일을 혼자 떠맡게 되는 것 같은 느낌을
받았다. 두 사람의 살림이니 그렇게 손이 많이 가는 편은
아니더라도, 손발을 맞춰 함께하는 느낌을 원했다. 생활을
공유하고 있다는 동지라는 실감을.
시간이 지나면서 지금은 조금 나아져서 내가 싫어하는

집안일(요리)은 남편이,
정리정돈이나 빨래는 내가 하는
식으로 체계가 잡혀가고 있다.
설거지를 하면 상대방에게 고맙다는
말을 꼭 하고, 빨래를 걷어오면
자연스럽게 함께 개고 정리한다.
함께한다는 느낌이 반드시 필요하다.

가방도 짐도 없이 단출하게 걷는 사람을 본다. 홀가분해
보인다.
동네 산책을 할 때 휴대폰과 지갑만 달랑 들고 나올 때가
있는데 짐(가방)의 유무에 따라 도보의 질은 꽤 다르다.
생활을 꾸려가는 단단함도 멋지고 대단한 일이지만 때로는
이렇게 가볍게 걸을 수 있는 중년 여성들이 많아지기를
바라본다.

'레옹' 부럽지 않은 대파 패션.

봉지 위로 길쭉하게 고개를 내민 초록색. 언뜻 보면 식물
같지만 실은 대파다. 대파를 들고 가는 사람이 보이면
홀린 듯이 그린다. 식물의 잎처럼 보이는 녹색 부분에서
단단한 몸통의 하얀색으로 이어지는 그러데이션, 흙의
기운이 느껴지는 황갈색빛의 뿌리로 마무리되는 색 조합이
산뜻하고 담백하다.

달걀 한 판은 들고 가기에 번거롭고 은근
무겁다. 기왕 나온 김에 다른 것까지 사면,
들고 있던 가방을 어깨에 멘 채로 한 손에는
달걀판을, 다른 손에는 나머지 짐을 들고
걸어야 한다. 여간 번거로운 일이 아니다.
이런 수고를 마다하지 않고 달걀을 사서
집까지 가는 사람은 달걀 한 판에 든 달걀
수만큼 좋은 사람일 확률이 높다.

길에서 사람들을 바라본다. 손을 잡고 나란히 걷는
노부부의 모습이 눈에 들어온다. 우연히 마주치는 흐뭇한
광경. 두 사람 사이에 자식이 있다면 모두 장성했을 법 한
시기에 인생의 수많은 일들을 함께 겪어낸 두 사람이 손을
맞잡고 걷고 있다. 함께 살아온 날들만큼 많은 이야기와
감정이 두 사람 주변을 에워싼다.

강아지와 반려인 얼굴의 느낌이 닮는 걸 종종 발견하면
신기해하곤 하는데, 부부도 그렇다. 닭이 먼저인지 달걀이
먼저인지……. 애초에 닮은 사람(강아지)에게 호감을
느끼는 걸까, 살다보니 표정이나 분위기가 비슷해져서
그렇게 보이는 걸까? 둘 다가 아닐까 싶지만. 어찌됐든
닮은 가족을 보면 신기하고 예쁘다는 생각이 든다. 얼굴이
닮지 않더라도, 옷이 비슷해서 세트처럼 보이기도 한다.
이 경우는 둘 중 한 사람이 주로 상대방의 옷까지 고르면서
그렇게 되는 것 같다.
다정해 보이는 나이든 커플을 보는 건 분명 기분 좋은
일이다. 단순히 좋다, 라고 말하는 건 너무 뭉뚱그리는
표현이고, 마음 한구석이 겸손해진다고 할까. 오랜 세월
속에서도 상대방의 신뢰를 잃지 않고 의지가 되는 사람이
되는 것은 어려운 일일 테니까.

이와 비슷한 이유로, TV프로그램 중 중년 타깃의 예능이나
토크쇼에서 관성적으로 배우자를 낮춰 얘기하면서

벤치에서 쉬는 중년의 부부.
옷이 닮았다.

거들먹거리는 모습을 보면 눈살이 찌푸려진다. 배우자를
낮추면 자기가 조금 더 높아지기라도 한다고 생각하는
걸까. 또 '내가 표현이 서툴러서……'라며 자신의 무심함을
퉁치고 넘어가려는 것도 비겁하다. 말로 하는 표현이
서툴러도 어떻게든 티가 나게 마련인데.
세상에는 내가 모르는 다양한 방식의 관계와 애정이
존재하겠지만, 서로를 귀여워하고 조심스러워하며, 말
한마디라도 다정하게 건네는 것이 좋지 않나.

그러고 보니 몇 년 전, 결혼한 지인과 나누었던 이야기가
기억난다. 그때의 나는 연애는 만족스럽지만 지금으로도
충분히 좋은데 꼭 결혼을 해야 할까 하는 고민을 하고
있었고, 내심 대답도 뻔할 거라고 생각했던 것 같다.

결혼에 대한 스테레오타입의 반응을 들을 거라고. 그런데
내 얘기를 가만히 듣던 지인은 담담한 어조로, 배우자를
끌어내리지도, 그렇다고 자랑하지도 않는 적당한 태도와
온도로 자신의 생각을 이야기해주었는데 그때 은근히
얼떨떨해질 정도의 충격을 받았다. 배우자를 존중하고
그와의 생활을 만족해하는 이야기가 신선하게 들리는 건
좀 씁쓸하지만, 지인의 말을 들으니 결혼도 괜찮겠구나
싶었다. 주변의 좋은 관계는 바라보는 것만으로도 좋은
영향을 준다.

부부를 포함한 모든 인간관계는 함께함으로써 행복할 수
있는 만큼 깊은 상처를 줄 수도 있기 때문에, 끝끝내 함께
있는 것만이 능사는 아니라고 생각한다. 그렇기 때문에
더욱 인생의 노년기까지 함께하고 있는 두 사람의 다정한
모습을 보면 마음이 찡해지는 건지도 모르겠다.

오래 함께한 두 사람을 보면 흐뭇해진다.

굳이 이야깃거리로 침묵을 메우지 않아도 좋은 안정감.

언뜻 서로의 손에 의지해 걷고 있는 것처럼 보이기도 한다.

지나가는

평범한
사람들을

기록한

일러스트레이터의
노트

夏
夏
夏

여름밤을 좋아한다. 방 안. 자기주장이 강하지 않은 느리고
담담한 음악이 더운 공기 속을 떠다닌다. 작은 보조등만
켜놓고 하는 일 없이 방바닥에 벌러덩 누워 있다가 문득
미지근한 바람만 내뿜는 선풍기의 정지 버튼을 눌렀을 때의
적막함. 땀. 열어둔 창문에서 이따금씩 들어오는 바람에
얇은 커튼이 움직이는 모습. 고양이는 멀지 않은 곳에 배를
붙이고 드러누워 있다.
더할 나위가 없다.

빈둥거릴 수만 있다면, 여름의 낮도 좋다. 얇은 민소매 티와
짧은 바지를 입고 거실에 누워(드러누워 있기에는 여름이
최고!) 노란 옥수수를 먹는다. 옥수수는 노랗고 거실은 밝고
하얀 선풍기는 돌고 돈다.
아, 덥다— 하고 천장에 있는 플라스틱 장식 모양을 멍하니
바라보며 '여름 한가운데 있구나' 생각한다.

이 시기에는 틈 날 때마다
노트와 펜을 챙겨서
사람들을 드로잉 하러
간다. 여름은 사람들을
그리기에 최적의 계절이다.
체형은 다양하게 드러나고
옷의 종류와 색도 저마다
다르니 그리고 싶은 사람이
자꾸 눈에 띈다. 해가 쨍쨍한
여름날. 재킷을 벗어 팔에 걸고
손수건으로 땀을 훔치는 아저씨와
해사한 아이보리 리넨 원피스를 입은
젊은이를 본다. 눈 위로 손 그늘을
만든 찡그린 얼굴도 볼 수 있다. 하양

여름의
총백한
베이지색

양산 아래에는 상체가 두툼한 체형의 아주머니가 있다.
이런 더위에도 점잖은 양복 재킷을 고수하는 할아버지는
모자까지 잘 갖춘 모습으로 등장하신다. 무늬가 있는
심플한 냉장고 원피스 차림으로 등장한 아주머니도 귀엽다.

비 오는 날은 비 오는 날 대로 좋다. 이런 날에는 몸과
정신에 긴장을 풀고 하는 일 없이 빈둥거리며 한참동안
빗소리를 듣는다.
비 감상도 지겨워질 때쯤에는 책 한 권을 챙겨 카페에
간다. 습한 공기를 뚫고 에어컨 바람이 부는 쾌적한 카페에

들어섰을 때의 기분 좋음. 카페 한구석에
자리를 잡고 가져온 책(이 시기에는
어쩐지 소설이 잘 읽힌다)을 지칠
때까지 읽으며 나름의 바캉스를
즐긴다. 독서하기에 여름만큼 좋은
계절이 없다.

느린 자이느 시간

하얀 모자.
그을린 피부

어렸을 때부터 책을 좋아했다. 모범적(?)인 어린이처럼
보이겠지만 실은 도피의 용도로 책을 읽었던 것 같다. 책에
정신을 집중하면, 지루한 시간이나 답답한 상황에서 조금
벗어난 것처럼 안온해졌고 우울한 기분도 사라졌다.
반 아이들과 어울리는 게 힘에 부칠 때도 책 속으로
파고들었다. 나를 표현하는 것이 어렵고 다른 사람을
기쁘게 할 방법을 모르며 다른 이의 세계가 낯설게만
느껴지던 그 서툰 시기에, 책에 실린 매력적인 이미지와
이야기들은 그 자체로 큰 위로가 되었다.

그때 읽은 책들은 내용 대신 그것의 질감과 냄새로 기억에
남아 있다. 지금도 여전히 영화나 책의 내용은 기억을
잘 못하고 곧잘 잊어버리는데, 그렇더라도 책 읽기가
무의미하다고 생각하지는 않는다. 책을 읽는 동안에는
이런저런 생각들을 떠올릴 수 있으니 그것만으로 충분하다.

책은 혼자라면 하지 않을, 또는 일상적인 대화에서는
좀처럼 나누지 않는 부분을 건들고
질문한다. 그런 것 저런 것 다
떠나서 책이라는 물건이 좋고
책을 읽는 시간이 좋다.
책을 읽는 사람의 주변에는
특유의 차분한 공기가 흐른다.
어떤 책을 저리 골똘히 읽는 걸까.
오롯이 혼자인 저 사람이 궁금하다.

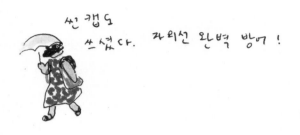

선 캡도
쓰셨다. 자외선 완벽 방어!

양산과 선캡, 선글라스, 알 수 없는 판때기와 손 그늘……
다양한 방법으로 태양을 피하는 사람들.
그중 동물 사료봉투로 그늘을 만든 아주머니 너무 귀엽다.

태양을 피하는 방법

여름, 길을 걸으며
옥수수 하모니카를 분다.
왼손에 쥔 까만 봉다리에는 옥수수가 더 들어 있을려나.

나도 먹고 싶다, 옥수수.
나도 불고 싶다, 옥수수 하모니카.

횡단보도에서 신호가 바뀌길 기다리며 잠깐 동안 쉬고
있는 수박. 녹색에 까만 줄무늬가 경쾌하다. 여름의 수박이
좋아. 수박만큼 계절의 맛과 즐거움이 배어 있는 과일이 또
있을까. 참외가 서운해하려나? 하지만 어쩔 수 없는 걸.

수박
쉬는중

가을은 사람보다 나뭇잎이 다양한 계절.
습기를 머금고 있던 나뭇잎은 끝내 가벼워져 얇게
바스락거리며 바닥을 덮는다. 노란색, 붉은색, 갈색의
다양한 나뭇잎을 바라보느라 고개를 숙인 채 주춤주춤
걸음을 옮길 때면 자꾸 발바닥에서 소리가 난다.

영화를 보려고 모 대학 캠퍼스에 들어갔다가 나뭇잎
구경에 신이 나서 한참 시간을 보냈다. 대학 캠퍼스의 작은
숲길에는 가을의 조각들이 넘쳐났다. 이 날 무슨 영화를
봤는지는 기억이 흐릿하지만 나뭇잎을 모으며 즐거웠던
순간만은 또렷하게 남아 있다. 귀여운 도토리와 도토리
모자, 제각각 다른 모양과 빛깔의 나뭇잎과 작은 가지를
모아다가 무늬가 아름다운 널찍한 돌 위에 그것들을
늘어놓고 혼자서 쭈그리고 앉아 한참을 놀았다. 이런

단순한 놀이가 이렇게 재미있어도 되는 겁니까. 지나가는
누군가가 본다면 참 실없는 사람처럼 보이겠구나 하는
생각도 들지만, 아무렴 어때.

가을의 낙엽과 열매를 고르는 것과 비슷하게, 바닷가에서
마음에 드는 조개껍데기나 돌멩이, 모서리가 닳은 유리돌
같은 걸 줍는 것도 못지않게 즐겁다. 보물찾기를 하는
느낌이랄까. (이러다가 수석을 찾으러 돌아다니는 아줌마가
되는 걸까.)

얼마 전에 바닷가와 숲속에서 찾은 여러
가지 수집물을 모아놓은 책을 샀다. 책장을
넘길 때마다 자연이 만들어내는 다양함과
섬세함, 낯섦과 기묘함에 감탄하지 않을 수
없었다. 그리고 숲속으로 바닷가로 부지런히
오가며 자연이 마련해놓은 아름다운
것들을 발견하고 모아가는 지은이의
끈기와 행복감도 떠올랐다.

수집에 관한 책들을 보는 게 좋다. 흔한
우표수집부터 각종 성냥상자, 쇼핑백,
일회용 설탕봉지까지. 이런 사소한 것들을
누군가는 열심히 만들고 또 누군가는
열심히 수집한다. 그런 점이 귀엽게
느껴진다. 나는 뭔가를 수집하는 성향은

숲속의 소박한
눈에 띄지 않는
흔한
잎들의
아름다움을
발견하는일.

아니다. 아니,
수집이라는 행위는
좋아하지만 애써
모은 물건을 잘
관리하지 못하는

타입이다. 기껏 모아놓고는 놓아둘
자리를 찾지 못해 적당히 아무 데나
넣어두었다가 그것의 존재를 까맣게
잊어버리고는 (머리 나쁜 다람쥐 같군)
냉정한 청소의 기분이 찾아올 때 발견하곤 한다. 그러고는
맥락 없이 모아둔 것들을 바라보며 스스로에 대해 묘한
한심함을 느끼게 되는 것이다. 이 단계를 거든히 통과해
작고 귀여운 것들을 모으고 모아 책으로 펴낸 사람의
끈기와 열정은 얼마나 대단한가.
거창한 결과물까지 만들어내지는 못하더라도, 소소한
수집은 지루한 일상에 활력이 되니 일상 수집을 취미
삼아보는 건 어떨까. 여기서 잠깐. 체계 없이 모은 수집물이
집 안을 집어삼키는 일이 없도록 주의!

미세먼지의 날. 바람까지 강하게 불고 있다. 온갖
먼지바람이 아래위로 날리며 사람들의 옷깃을 흔든다.
'팔랑팔랑' 정도가 아니라 '펄러덕펄러덕' 한다. 마스크를
쓰고 몸을 잔뜩 웅크린 채 걷는 사람, 목적지를 향해
조금이라도 더 빨리 가려고 종종거리며 걷는 사람.
눈에 미세먼지와 거대먼지가 떡하니 들어가는 이런 날씨.
싫다 싫어.

마스크를 손 사람은

옷이 날린다

어깨를 움츠리고
걷는다

바지를
축켜올린다
- 그건 쌔가
이해된듯.

눈이 먼지처럼 내린다.

너무나 추운 날이다. 이건 이것대로 괜찮고 저건 저것대로
괜찮은 황희정승 타입에 가깝지만 이것만은 확실하게
이야기할 수 있다. 나는 겨울이 싫다.
게다가 올해 겨울은 유난스럽다. 모자를 쓰고 장갑을 끼고,
갖고 있는 옷 중에서 제일 두꺼운 외투를 입고 옷에 달린
후드까지 뒤집어쓰고 가분수형 인간이 되면 1차 외출 준비
끝. 여기에다 목도리로 코까지 덮어 눈만 빼꼼 내민다.
그렇게 둥글둥글해진 채로 나왔는데도 춥다. 목도리 속으로
들어가고 싶다.

사람들도 둥글둥글. 여기저기 둥글둥글.
겨울날 어두운 무채색의 둥근 사람들이 길을 걸어간다.
유모차는 겉에 무릎담요를 둘렀다. 그 안에는 순한
표정의 동그란 아기가 가만히 누워 있다.

요즘 유행하는 긴 패딩이나 두툼한 코트를 입은 사람들은
눈을 뒤집어 쓴 나무처럼 삼각형이다. 대부분 짙은 회색과
남색과 검은색 일색이다. 추울수록 사람들의 복장은
무채색 덩어리로 비슷비슷해지고 어둑어둑해진다. 겨울은
앞으로도 길게 이어질 거고 나무도 한참 동안 앙상할
것이다. 오늘같이 춥고 흐리고 공기도 안 좋은 날에는
마음까지 어두운 무채색 덩어리가 되지
않도록 조심해야 한다.

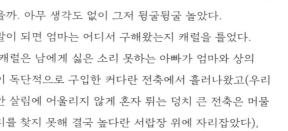

겨울이 따뜻하다고 생각하던
시절이 있었다. 춥지만
따뜻한 계절이라고.
초등학생 시절 연말에 느끼던
달콤하고 편안한 기분이란.
방학을 맞이한 추운 겨울은 지겹게
반복되는 학교생활을 잠시 쉴 수 있는 계절이었다. 새로운
반복이 시작되기 전의 유예기간이 어떻게 달콤하지 않을 수
있을까. 아무 생각도 없이 그저 뒹굴뒹굴 놀았다.
연말이 되면 엄마는 어디서 구해왔는지 캐럴을 틀었다.
그 캐럴은 남에게 싫은 소리 못하는 아빠가 엄마와 상의
없이 독단적으로 구입한 커다란 전축에서 흘러나왔고(우리
집안 살림에 어울리지 않게 혼자 튀는 덩치 큰 전축은 머물
자리를 찾지 못해 결국 높다란 서랍장 위에 자리잡았다),
나는 알전구처럼 반짝거리는 나른한 캐럴을 들으며 뜨끈한

방바닥을 굴러다녔다. 캐럴은 어딘가 모르게 구슬프면서도 아름다운 멜로디였고 바닥에는 귤껍질이 산처럼 수북하게 쌓였다.

좁은 주방 겸 거실에는 어린 내 키만 한 동백나무가 크리스마스트리 역할을 하며 서 있었다. 동백나무는 조악하게 반짝이는 가벼운 플라스틱 방울과 산타클로스 모양의 인형과 부슬거리는 술을 칭칭 감고 있었다. 책상 서랍 안에는 친구들에게서 받은 크리스마스카드가 들어 있었다. 반짝이 풀과 열에 부푸는 마법 펜을 사용한 총천연색의 카드들. 카드의 내용은 다 비슷비슷했지만 내년부터는 매일 보지 못할 친구들의 손때 묻은 카드라 왠지 애틋했다.

어느 겨울날 저녁, 퇴근한 아빠의 외투 주머니에서 녹차 호떡이 나왔다. 이 집 것이 맛있다고, 사람들이 줄서서 먹는 곳이라며 꺼내놓은 하얀 종이봉투에는 호떡기름이 배어 있었다. 호떡은 집까지 오는 사이 조금 식었지만 달고 더운 맛이 났다.

왜 그런지 겨울이 되면, 그 녹차 호떡이 떠오른다. 바깥의
공기가 묻어 차가워진 아빠의 외투 주머니에서 나온 따뜻한
연두빛 호떡. 사소하고 별거 아닌 일인데 달고 뜨끈한
호떡기름처럼 마음 어딘가에 그날의 기억이 배어버렸다.

나이들어가면서 겨울의 정취를 느낄 여유가 사라지는 것
같다. 춥고, 너무 춥고, 수족냉증이 지긋지긋하다. 그저
두꺼운 옷 속에서 웅크리며 버티는 계절이 되었다. 캐럴은
뭘 굳이. 트리? 놓을 데도 없거니와 보관할 곳은 더더욱
없다. 하지만 어린 시절의
추억 때문인지 뭔가
아쉽다.
그리고 새삼, 비좁은 집에
살면서 굳이 트리를 들여
장식하는 번거로움을
감수하고 크리스마스
캐럴도 틀어준 엄마가,
추운 겨울 저녁에 호떡집
줄을 선 아빠가 애틋하고
고맙다. 어린 내게 겨울은
따뜻해, 라는 마음이 들게
해줘서 고맙다.

어둑한 외투를 입고 몸을 움츠리며 걷는 사람들을 본다.
겨울 사람들은 유독 비슷비슷해 보이고 이렇게 추운 날이면
더욱 비슷비슷해진다. 그런 사람들에게도 비슷하지만 모두
다 다른 달고 뜨뜻한 겨울의 기억이 있겠지.

오늘은 집에 가는 길에 호떡을 사 먹을까. 아니면 붕어빵.
귤도 한 봉지 사서 손이 노래질 때까지 까먹을까봐.

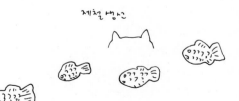

눈이 띠 다닌다

롱패딩
레깅스
+
흰운동화

←까만 운동화로 차별화(?)

지난 겨울에는 무릎을 덮는 길이의
롱패딩이 많이 등장했다. 한 시즌
유행 아이템이라고는 하나 무릎
아래까지 길게 내려오는 패딩점퍼는
한결 더 따뜻할 테니까 앞으로도
꾸준히 입게 되지 않을까. (하지만
한때 유행하던 어그부츠는 어느
샌가 자취를 감춰버렸다.) 그런데

패딩
+
청바지
+
흰운동화

젊은이들을 보면 롱패딩에 흰 운동화를 흔히 매치하고
그 위로는 살짝 발목을 드러내기도 하던데……. 발목이
시리지 않을까 하고 추위를 타는 나는 은근히 신경 쓰인다.
실용성을 중시하는 것 같기도 하고 아닌 것 같기도 하고
헷갈린다.

롱패딩
+
흰 운동화

눈 안녹는다

흰 패딩 커플

케익을 산
할아버지.

비둘기가 왔다

하얀패딩
하얀봉투..

겨울 '필수템'은 누가 뭐래도 목도리다. 둘둘 감은 목도리
속에 턱과 코까지 폭 들어가 있으면 포근한 안정감이 든다.
두툼한 목도리를 둘둘 감아 눈만 빼꼼 내놓고 모자를 쓰면
겨울 외출 준비 완성.

그런데 이분…… 목도리로 눈까지 덮어버린 게 아닐까.
이분도 목도리에 파묻힌 느낌을 좋아하나보다.
목도리 위로 둥글게 부푼 머리가 귀엽다.

목5리가
?? 어디까지

흔한 오징어룩

겨울의 옷을 그리다보니 또 친근한 느낌이…….

동그랗게 부푼 패딩 위로 모자를 쓴 뒷모습이 어째

오징어를 닮았다.

오징어를 그려놓고 다시 보아도 정말 비슷하잖아?

아이보리
누빙

확실히 옷이
가벼워지고있다.

어머 어떡해

겨울에서 봄으로의 변화는 뭐랄까…… 좀 뻔뻔스럽다.
이렇게 갑자기, 또는 아무렇지 않게 표정을 바꿀 수 있는
건가. 불과 며칠 전까지만 해도 매서운 바람에 오들오들
떨었던 게 무안해질 만큼 공기는 물을 탄 것처럼 순해졌다.
그리고 겨우내 익명이었던 나무들이 새삼 꽃을 내밀면서

롱성명을 하기 시작했다.
연한 녹색 잎들이 놀라울 만큼 부지런히 번지고 있다.

유난히 공기가 좋은 어느 봄날.
이런 날 산책을 안 하면 언제 할까 싶어 조바심을 내며
밖으로 나왔다. 갑자기 따뜻해진 날씨 때문인지, 여러

종류의 꽃들이 한꺼번에 피었다. 노란 산수유를 보았고
아직은 가지에 단단하게 붙어 있는 벚꽃도 보았다. 고개를
들어 올려다보면 흰색 물감을 탄 듯한 연한 파란빛 하늘을
배경으로 아이보리색 목련이 둥실 떠 있다. 통통한 잎을
뜯어 먹으면 알새우칩 맛이 날 것 같다. 고개를 내리면
민들레가, 개나리 무리가 신나게 부풀어 있다.

오랜만에 보는
봄 옷들.
다 예뻐보여.

스카프가
엇리다.
봄 봄.

억울해보이는
표정의 냥자가
양배추 한영이
들고 지나간다
ㄱ ㆍ ㆍ

네이버가
연대여진
가디건.
멋지다.

ㄴ신발은
금색

누가 뭐래요 봄. 4월은 봄이다.
언제 앞 뒤로 꽃이 피고 싹이 난다. 맑은 녹색 잎이 나온다.
하얗고 노란 꽃이 팝콘처럼 터지고 있다. 유난히 길었
던 겨울을 보내고 보는 꽃잎들이 얼떨떨 하다.
　　　　사거리 맞은편 언제를 에워싼 꽃더미에는
개나리가 가득 찼다.

조그맣게 돋은 초록 잎과 귀여운 꽃 사이를 천천히 걷는다.
피아노 학원을 지나면 서투르게 건반을 누르는 소리가
나고, 어린이집을 지나면 유리구슬을 그러모으는 것
같은 아이들의 맑은 소리가 들린다. 강아지들은 산책을
나왔다. 이렇게 좋은 봄날 밖으로 나온 강아지는 당당하고
만족스러워 보인다.

나도 만족스럽다. 주변을 바라보고 소리를 들으며 천천히
걷고 있자니 겨우내 마음속에서 무감각하게 웅크리고 있던
것들이 꽃망울처럼 톡, 톡 되살아나는 것 같다. 뭔가를 새로
시작할 수 있을 것 같은 기운이 솟는다. 작은 카페에 들러
아이스커피를 한 잔 사들고 좀더 걷다가, 집으로 들어오는

갑자기 봄 느낌 물씬

완전히 봄은 아니지만

레몬색 어폴져가 봄을 불러올 것 같다.

원 사뿐

햇빛 좋은 날. 강아지도 나왔다.

꼭꼭이 모자 꼭꼭 꼭꼭

머리를 매만지는 아저씨

길에 근처 슈퍼마켓에서 우유와 양파를 샀다. 카레를
만들까.

기분 좋은 봄 산책을 마치고 집으로 돌아왔다. 집 안의
공기는 나가기 전과 같이 차분하게 가라앉아 있다. 그것이
어쩐지 마음 찡하다. 나의 공간이 있다는 것. 그 안에 있는
내 고양이는 편안하게 햇볕을 쬐며 누워 있다.
봄이 왔다. 모든 것이 잘 있어주어서 새삼 고맙다.

공룡의 꼬리같이 하늘 하늘한
산들별 스카프

오늘부터 앞섬

봄이 왔다.

춘춘춘. 어쩐지 기침소리 같네. 봄은 알레르기 비염의
계절이니까.
간질간질한 소리 같기도 하다. 아주머니의 옷에도 봄이
왔다.

누구에게나 눈물 버튼 같은 것이 하나쯤은 있지 않을까.
유독 마음이 약해지는 부분 말이다. 이를테면 '아이'일
수도 있고 '고향'일 수도 있고 '엄마'일 수도 있고…….
내 경우에는 동물이 그렇다. 동물과 관련된 이야기에
흔들린다.

드라마와 영화에서 주인공들이 수많은 이유로 갖은 고난을
겪지만 그것이 '사람'이라면, 심지어 그 고난의 주인공이
어린아이일지라도 한발 떨어진 채로, 픽션으로 바라볼 수
있는데 유독 동물이 겪는 고난에는 그것이 허구일지언정
좀처럼 침착해질 수가 없다. 예를 들면 사극이나 전쟁
장면에서 주인공이든 누구든 말을 타고 달리다가 적에 의해
타고 있던 말과 함께 넘어지거나 다치는 장면에서는 흐름에
맞지 않게 말 쪽에 이입해서는 '끄응…… 저 말 어떡하나.
말이 무슨 죄가 있다고!' 하는 식이다. 특정인물의 잔혹함을

설명하기 위한 장치로서 동물의 희생이 예상되는 경우에는
미리부터 식은땀이 난다. 그리고 생각한다. 왜 내 돈 내고
괴로워야 하는가!

그러다보니 동물이 주로 나오는 슬픈 영화는 애초에
피하게 된다. 영화뿐 아니라 분위기가 왠지 아슬아슬한
동물 다큐멘터리도 보지 않는다. 실재하는 현실을
외면한다고 해도 할 말은 없다. 하지만 그걸 보는 것이
버겁다. 말하다보니 동물 이야기를 좋아한다고 해야 할지
싫어한다고 해야 할지 아리송해지지만, 글로 읽는 것은
괜찮다.
누군가 내게 가장 좋아하는 소설을 꼽으라고 한다면
「묘씨생」이라는 제목의 단편소설을 떠올린다. '몸'이라는
이름을 가진, 길에서 태어난 고양이 이야기다.
고양이 '몸'의 시점에서 담담하게 서술되는 이 소설이 너무
좋아서, '씹어 먹고 싶다'라고 밖에 표현할 수가 없다. 너무
좋은 건 말할수록 성에 차지 않고 겉도는 느낌이 들지
않나. 그러니 이 말 저 말 할 것 없이
씹어서 내 몸으로 흡수시키고 싶다.
그리고 나도 언젠가는 이런 강렬한
이야기를 만들고 싶다.

길 위에서 사는 동물들이라고 하면 일단
고양이가 떠오른다. 도둑고양이에서 길고양이라는

고양이의
순한
잠

조금 나은 호칭을 갖게
되었지만, 사는 모습은
여전히 힘겨워 보인다.
그래도 '불길해 보인다'
라거나 '사람이 먹고
난 음식을 헤집으며
먹고 다니니 지저분하다'라면서 무조건 싫어하며 눈앞에서
사라지길 대놓고 바라는 사람보다는 길고양이를 보살피고
공존하려는 사람이 늘어나고 있는 것 같으니까, 점점
나아질까.
좋은 세상이 어떤 세상인지는 잘 모르겠지만, 적어도
동물이 고통 받는 세상에서는 사람도 다르지 않을 거라고
확신한다.

봄, 경주

강아지라는 동물은 어쩜 눈도 동그랗고 까만 코도 동그래.
그 동그라미들을 보고 있자면 절로 정이 간다. 햇볕도
공기도 좋은 날. 강아지들이 산책하기 좋은 날을 놓치지
않는 견주들은 강아지들을 앞세우고 밖으로 나온다. 견주
곁에서 최고로 행복하고 당당한 모습의 강아지들을 보니
새삼 어릴 때 키우던 강아지들이 떠오른다.

내 강아지는 산책을 몰랐다. 나도 강아지를 산책시키는
것에 대해 몰랐다. 나 자신의 산책도 없던 때였다. 그렇다고
미안해하지 않아도 되는 것은 아니다. 내 강아지는 온종일

묶여만 있었다. 어제도 그랬고 내일도 그럴 터였다.
산책을 나와 걷고 냄새 맡는 강아지를 본다. 행복하게
해주는 방법조차 몰랐던 나는 앞으로도 강아지를 키울
자격이 없다는 생각이 들곤 한다. 언제까지나 미안하다.

윤에걸린 레이스가
아름답고 정겹다.
바람에 하늘하늘
움직이고 있었다.

특별함을 품고 있는 장소만이 그릴 가치가 있다고 생각했던
적이 있다. 예를 들면 자연이 만든, 탄성이 절로 나오는
아름다운 풍경이라든지 여행지에서 마주치는 이국적인
건축물이나 매력적인 시장 풍경, 아니면 귀엽거나 세련된
상점의 모습. 아무튼 그림으로 그릴 만한 풍경은 따로
있다고 여겼던 것 같다. 하지만 막상 여행지에서 찍어둔
그럴듯한 사진을 가지고 그림을 그려보면, 뭔가 부족했다.

인물 그림은 오랜 경험과 시행착오를 거치면서 나를 닮은
선이나 표현 방법을 어느 정도 가질 수 있게 되었지만,
풍경을 그리는 것에는 두려움이 있었다. 일단 인물 그림에
비해 재미가 덜했다. 풍경은 사람처럼 표정이나 성격을
가지고 있는 것이 아니기 때문에 눈으로만 바라보며 외부
묘사를 하는 것에 급급해져버리곤 했고, 결국 애매하고
재미없는 그림이 되기 일쑤였다. 하지만 사람이나

큰 화분을 샀다.

풍경이나, 기본적으로는 비슷하지 않을까. 내가 그리고
싶은 요소를 선택하고 그리지 않을 것을 과감히 빼는 것.
모든 걸 다 그릴 필요도, 그릴 수도 없으니까. 사람을 그릴
때 내가 흥미를 느낀 지점을 표현하며 재미를 느끼듯이,
풍경도 결국은 내가 재발견하는 것이 중요한 게 아닐까.

생각해보면 내가 사는 동네도 누군가에게는 낯선 풍경일
것이다. 내게는 너무 익숙해서 심드렁하게 느껴질
때도 있지만 일단 그려보면 뭔가를 발견할 수 있을지도
모르겠다는 생각이 들었다.
여행지의 낯선 풍경과는 다르게, 눈에 익은 주변의 풍경을
그림으로 표현할 때는 덜어내는 것도 수월하다. 뭘 알아야

넣든지 빼든지 할 테니까.

일단 잘 그리고 싶다는 마음을 좀 내려놓고, 매번 보던
평범한 풍경을 그려본다. 작은 사거리, 프랜차이즈 카페와
녹색 차양이 달린 맥줏집이 있는, 그리 특별할 것 없는
장소다. 그리고 싶은 부분부터 하나둘씩 그려나가기
시작한다. 맥주 그림이 들어간 귀여운 간판이며 바깥에
쌓아둔 플라스틱 의자를 그려넣다보니 생각보다 괜찮다는
느낌이 든다. 내가 그려온 사람들과 어울리는 풍경이다.
그렇게 그린 풍경 위에 그 곁을 지나다니는 사람들도
그려넣는다. 아는 사람과 마주쳐 악수를 하는 할아버지,
물건을 내리는 택배기사…… 풍경에 사람이 더해지니 한결
생기가 느껴진다.

길거리의 흔한 간판들도 막상 그림으로 그려보면 새롭게
다가온다. 내 시선이라는 필터를 거쳐, 생략하고 싶은 건
과감히 생략해버린다. 생략한들 뭐가 문제란 말인가. 아니,
오히려 생략하지 않고 다 그리려 한다면 이상한 그림이
되어버릴 거다. 사람을 그릴 때와 마찬가지로, 꼭 닮지
않아도 상관없다.

건물이나 풍경도 내가 어떤 지점에 매력을 느끼는지가
중요하고 그 부분을 살려 그리면, 나만의 풍경 그림이 된다.

바야흐로 선거철이 돌아왔다.
사거리 횡단보도에 예비후보
아저씨가 출동해 동네
사람들에게 명함을 내밀며
인사를 건넨다. 두꺼운 체형의 아저씨는 느리지만 절도
있는 몸짓으로 명함을 내민다. 카페에서 일하다가 그
모습을 가만히 보고 있자니, 몸을 숙이는
각도나 사람들에게 다가가는 속도가 정치인
몸짓의 스테레오타입 같아 재미있다. 그 모습을
멍하니 바라보다가 하던 일을 마저 끝내니
어느덧 해가 저물었다. 무심코 고개를 들어
밖을 보았는데, 후보 아저씨는 어두워진 사거리
횡단보도, 같은 자리에서 여전히 인사 중.

구포시장 행복구

탐구

(이야기 나눌 때)

손 열려 있다

딴은 몸통의 자면 스럽게 붙이있다.

겸손 겸손

느리지만 확실하게, 내미는 영향

종이

해가저도 계속되는 인사

돌아서

사랑들의 등 뒤로 인사..

미정으로 국이진 않음다 (이요)

집은 그곳에 사는 사람을 닮는다. 그 사람이 뭘 좋아하는지, 어떤 생활을 원하는지가 드러날 수밖에 없으니까. 책장도 비슷하다. 책등을 훑어보면 그 사람의 성향과 관심사를 즐겁게 유추할 수 있다.

어제 『좋아하는 곳에 살고 있나요?』라는 제목의 책을 읽었는데 초반부터 단번에 빠져들었다. 지은이는 자신이 머무는 곳이라면 그곳에서 1년을 살든 한 달을 살든 자기가 사는 공간을 마음에 드는 상태가 될 때까지 가꾼다고 말한다.

어린 시절부터 인생의 대부분을 셋집에서 살아왔기 때문에 절실히 안다. 언젠가 떠날 곳이라는 생각에 집에 정을 주지 않는 마음을. 하지만 시간이 지나도 그 공간에서 쉽사리 떠날 수 없었다.

열 살 언저리일 때였다. 책상이 오래됐다는 내 불평을 듣다 못한 엄마가 새것으로 바꿔주겠노라고, 사러 가자고 했다. 이게 웬일. 묘한 설렘을 안고 버스로 한두 정거장 떨어진 가구점으로 향할 때의 설렘이 아직도 생생하다. 걸어가는 길이 조금 더웠던 기억. 엄마와 별 말도 없이 걸어가며 새로운 책상에서 펼쳐질 새로운 시간들을 떠올리며 들떴던 마음.

하지만 그렇게 도착한 가구점에는 마음에 드는 책상이

없었다. 희망을 놓지 않고 근처의 더 큰 가구점에도
가보았지만, 없었다. '이게…… 전부인가요?'라는 내 반응을
가구점 사장은 못마땅해했고 엄마는 답답해했다. 가구가
다 그렇지. 빨리 고르고 가자며 부추겼다. 가구란 다 그런
거구나. 사람은 다 이런 가구를 놓고 비슷하게 살 수밖에
없구나.
그날, 책장에 책상 상판을 걸치고 다른 한쪽은 서랍으로
받친 흔한 디자인의 옥색 책상을 샀다. 나는 지금도 이
구조의 책상을 떠올리면 마음 한구석이 어두워진다.

그로부터 한참이 지난 후에 드디어 오매불망 바라고 바라던
우리 집을 갖게 되고 내 방도 갖게 되었지만 내 공간의
모습은 전과 크게 달라지지 않았다. 그때 산 그 책상과
비슷한 느낌의 싱글침대가 새로 생겼을 뿐이었다. 썩
마음에 들지는 않지만 다른 선택지를 몰라 적당히 산 새
가구가 추가될 때마다 마음 한구석이 무거워졌다.
그렇게도 바라던 우리의 아파트는 어쩐지 살기에 답답한
느낌이었다. 지금 사는 곳은 어차피 임시라며 공간에
정을 주는 법을 몰랐던 우리 가족은 '진짜 우리 집'이라는
아우라에 압도되어 청소를 하고 먼지를 닦아낼 뿐, 공간을
어떻게 다뤄야 할지 잘 몰랐다.

다행인지 불행인지 몇 년 지나지 않아 오래 살 줄 알았던
그곳에서 나왔다. 물론 좋지 않은 이유였다. 그렇게 우리는

다시 '진짜 우리 집'에서 나와 신림동 구석의 오래된 주택 3층으로 옮겨가게 되었는데 그 3층 집을 처음 본 날, 나는 타고난 천성이 태평한 건지 속이 없는 건지 오히려 여기가 더 낫다며 좋아했다. 그렇게 내 집 원하던 엄마도 어쩐지

동의하는 것 같았고 실제로도 그곳이 여러모로 더 나왔다.
왠지 마음이 편해지는 집이었다. 그리고 그 3층 집의 내
방은 인생에서 잊을 수 없는 공간이 되었다. 진정한 의미의
'내 방'을 갖게 되었다.

아파트에서 못 하나 박기도 주저하면서 위치를 심사숙고한 후 본드를 녹여 붙이는 고리를 달며 방과 데면데면해 하던 나는 오랜 기다림 끝에 맞이한 그 공간에서 오히려 해방감을 느꼈고 할 수 있는 걸 다 했다.

시작은 싫어하는 것을 과감히 버리는 것이었다. 왠지 모르게 답답한 느낌이 들던 침대의 프레임을 버렸고 예의 그 가구점에서 산 옥색 책상을 버렸다(브라보!). 침대는 매트리스만 놓고, 책상은 이케아의 큼직한 하얀색 상판 테이블을 사서 조립했다. 그 홀가분함이란! 공간을 좋아하기 위해서는 좋은 걸 사다 넣는 것보다 싫은 걸 버리는 게 더 중요하다는 사실도 알았다.

옥색 책상아, 베리 굿바이다.

'우리 집'이라는 건 내 명의의 집이 아니라 지금 내가 사는 곳이라는 것. 위화감이 드는 것은 과감하게 정리하고, 곁에 두었을 때 기분 좋은 것으로 채운 공간에서 사는 만족감은 생각보다 크다는 사실을 알았다. 집은 가구와 살림이 놓인 박물관이 아니라 매일의 일상과 함께 변하는 생물에 가깝기 때문에 관심을 갖고 매만질수록 빛이 난다는 것도.

그 방에서도 여러 번의 시행착오를 거쳤다. 하지만 방은 내 노력에 화답하듯 조금씩 달라졌다. 사소한 것이라도 공간에 변화를 준다는 것은 상당히 능동적인 행위라 만족감이 컸다. 그런 과정을 거칠수록, 공간과 마지못해 동거하는 것

같은 거북함을 거의 느끼지 않게 되었다. 나와 닮은 공간
안에 자연스럽게 녹아들어 시간을 보낼 때의 행복감이란.
돈이 많다면 선택의 폭이 넓어지고, 실수해도 미련 없이
정리할 수 있다는 장점이 있지만 돈이 많지 않아도 내가
좋아하는 공간을 만드는 일은 가능하다. 공간은 유기적인
어울림의 문제다.

내가 사는 공간에 애정을 갖고 마음에 드는 곳으로
만들려는 마음은 그 자체로 중요하다. 어떤 것을 곁에
두었을 때 편안함과 즐거움을 느끼는지에 대해 계속 스스로
묻고 시도하는 것. 시행착오를 거치는 것. 그 안에서 작은
성공을 이루는 것. 남에게 어떻게 보일지는 다음 문제고

그리 중요하지도 않다. 그것은 매일의 일상과 삶을 대하는
태도와도 관련이 있다고 생각한다. 언제나 기준은 나
자신이어야 한다. 내가 어떤 상태이고 무엇을 원하는지,
스스로에게 계속 물어야 한다.

그러고 보니 그림 그리는 일과도 비슷하네. 삶이나 태도에
대해 생각하다보면 결국 그림도 그와 비슷하다는 걸 종종
깨닫곤 한다.

오늘은 또 뭘 그릴까나.

"좋아하는 색이 뭐야?" 이런
시시껄렁한 질문을 좋아한다.
초등학생 때는 딱히 쓸데
없는 이런 질문들을 주고받곤
했던 것 같은데…… 소위
스몰토크로 써먹었던 것 같다.
그런데 막상 이런 질문을
받으면, 꽤 진지하게 생각하게
된다. 내가 무슨 색을
좋아하더라? 무슨 색을 얼마나
좋아하든 상대방에게는
조금도 상관이 없겠지만.

DRAWING

매력적인 질문을 잘하는 사람이 있다. 그런 사람과 대화를
나누면 적절한 답을 생각하느라 머릿속이 팽글팽글 돌며
활성화되고 마치 내가 흥미로운 사람이 된 것 같은 착각이
들기도 한다. 좋은 질문을 던지는 사람은 타인이 그만의
답을 가질 수 있다는 가능성을 믿는 사람들이겠지.

운동을 좋아한 적이 없다.
미취학 아동일 때 동네
아이들과 여기저기 뛰어다닐
때는 완전히 지칠 때까지
몸을 움직이고 소리 지르는
것이 자연스러웠지만
학교라는 곳은 길고 교묘한
방식으로 몸을 움직이는 것을
싫어할 수 있도록 해주었다.
운동장은 몇몇 남자아이들의
전유물이었고 내 쪽에서도
몸을 움직이는 것의 즐거움은
잊은 지 오래인지라 전혀 아쉽지 않았다. 신체는 그저
거추장스러울 뿐이었다. 감추고 추스르고 고쳐야 할
불완전하고 불만족스러운 것. 나는 내 몸과 어색한 사이가
되었다.

어른이 되어서도 몸과의 불화는 이어졌다. 순전히 살 빼려고
등록한 헬스장은 러닝머신 위에서 TV를 보며 40~50분간
버티는 곳이었고 (그리고 살빼기는 실패했고) 그나마
좋아하던 등산은 숲과 올라가서 먹는 도시락과 막걸리가
좋은 거지 등산 자체를 그리 좋아하는 건 아니었다. 말이
나왔으니 말인데 숲과 도시락과 막걸리 한 잔, 내려와서
노곤하게 늘어져 자는 낮잠은 꿀처럼 달다.

아무튼, 이렇게 운동과는 담을 쌓고 지내던 사람이 새해
결심 비슷한 싱거운 계기로 수영장에 등록을 한 후로,
수영을 좋아하게 되었다.

어렸을 적에 바닷가에서 놀다가 중이염에 걸려
고생한 후로, 귀가 잠길 만큼 물속에 들어가는 것을
두려워해왔는데, 이런 심리적 장애물을 넘고 나니
금세 물이 좋아졌다. 얼마간 못 가면 꿈에 나올 정도로.
꿈속에서는 물에 들어가려는데 수영복이 없어서 들어가질
못하거나, 들어갔지만
수영장 안에 물이 없는
식인데, 꿈속의 나는
물이 없는 와중에도
수영을 하려고 텅 빈
수영장으로 내려가
공중에서 팔을
허우적댔다.

수영이라는 운동이
좋다. 함께 있는
사람들과 경쟁할
필요 없이 매너를 지키는 정도의 긴장감을 갖고, 서로
도와주기도 하지만 결국은 스스로 단련해야 한다는 점이.
힘이 있어야 하지만 몸에 힘을 뺄수록 쉬워진다는 점도
무척 매력적이다. 무엇보다 물속에서 물을 가르는 느낌

자체가 좋다. 물의 색과 수영장 타일의 감촉, 물의 질감과
냄새, 물이 스치는 소리. 전부 다. 잠영으로 나아갈 때의
고요함도 좋다. 바로 누워 가만히 둥둥 떠 있는 것도 좋다.

힘은 들지만 그것이 불쾌하지 않다는 것이 새삼 신기하다.
몸을 움직이고 근육을 쓰는 기쁨을 느낀다. 헬스장에 몇
년을 왔다 갔다 해도 꿈쩍도 않던 살들이 수영을 하면서
빠졌다. 몸이 가벼워졌다.

기─승─전─그림 얘기라 부끄럽지만 그림쟁이라 그런
건지, 수영을 하면 할수록 수영하기와 그림 그리기에 닮은
점이 많다는 생각이 든다.
일단 그 속에 들어가봐야 안다는 점에서 그렇다. 컨디션이
안 좋은 날도 빠지기는 싫어 웬만하면 수영장에 간다.
그런데 예상과 달리 막상 물에 들어가면 의외로 몸이
가벼워질 때가 있다. 반대로 상태가 나쁘지 않다고
생각했는데 물속에서는 맥을 못 추고 유난히 지치는 경우도
있다. 의외로 컨디션이 그날의 성과(?)를 좌우하는 건
아니다.
잘 되는 날도 있고 안 되는 날도 있지만 안 되는 날이
무의미하지는 않다. 왜냐하면 갖은 핑계거리를 뚫고 오늘도
물속에 들어갔다는 사실이 중요하기 때문이다. 그런 날이
쌓여 어느 날 해결되지 않던 문제가 느닷없이 해결되기도
하니까.

평영은 재이어따 뭔가 리듬이 아닌 맞는 느낌.

오래할 게면 정령이 가장 좋다

또 '힘 빼기'라는 측면에서도 비슷하다. 잔뜩 힘만 주면 금세 지쳐버린다. 몸의 긴장을 풀고 적절하게 힘을 가하는 요령이 필요한데 그건 말로는 배우기 어렵다. 본인의 감각으로, 몸으로 익혀야 한다. 그리고 힘을 빼려면 무엇보다 꾸준히 하는 수밖에 없다.

전체적인 균형과 리듬이 맞아야 아름답고 편한 수영을 할 수 있다. 그래야 오래할 수도 있고.

수영과 그림 그리기. 역시 비슷하다니까.

수영장 가는 길. 해가 지기 직전의 여름밤이다.
저쪽에 둥근 체형의 아주머니가 가만히 서 계신다.
무심하게 바라보며 걷고 있자니, 아주머니의 왼쪽 어깨
위로 하얀 털 뭉치가 작게 돋아 있다. 뭘까 하고 돌아보니
강아지의 세모난 귀와 이마다. 동그란 눈의 하얀 강아지가
아주머니의 팔 안에 가만히 안겨 있다. 아주머니는
강아지를 소중한 듯 가슴께에 높이 안아 들었다. 그 모습이
이상하게 예쁘고 뭉클했다. 둥근 아주머니와 순한 개의
여름밤.

아주머니는 누군가를 기다리고 계신걸까. 아니면 강아지
산책을 나오신 걸까.
어떤 풍경은 이상하게 마음을 끌고, 두고두고 남는다.

말은 휘발되지만 글은
맺힌다. 함께여도 좋고
혼자여도 좋은 것이
여행이지만, 뭔가를
쓰거나 그리고 싶은
목마름이 있다면 아무래도 혼자인 편이 낫다. 동행인이
있으면 순간순간 떠오르는 감상이나 생각을 곧장 말하게
되고 공감을 얻으면 해소된다. 하지만 혼자 여행하면
떠오르는 감상을 곧바로 표현하지 못하고 머금고 있다가
글이나 이미지로 남길 수 있다. 일단 혼자라 심심하니까
뭐라도 끄적거리게 된다.

나는 곧바로 해소되지 않는 상황이 그리 답답하지 않다.
오히려 입에 밴 말로 손쉽게 발화하는 순간 내가 느낀
것들이 납작하게 흩어져버리는 느낌이 든다. 말주변이
없어서인지도 모르겠다. 말을 조심히 골라 조리 있게
표현할 수 있다면…… 그래서 풍성한 대화를 만들어낼 수

있다면 무척 좋겠지만 안타깝게도 나에게는 그런 대화의
기술보다는 혼자 앉아 이런저런 걸 쓰고 그리는 게 적성에
맞는다.

드로잉 기록이 가장 성공적이었던 건 세번째로 갔던 제주도
여행이었다. 8일간의 제주 여행이 서른다섯 장 가량의
드로잉 기록으로 남았다. 8일 중 6일을 혼자 여행하고 남은
이틀은 친구와 합류해 마무리했다.
사실 떠날 때까지만 해도 여행을 기록하겠다는 야심찬
계획 같은 것은 없었는데, 하다보니 그렇게 되었다. 혼자라
심심해서 틈날 때마다 적고 그렸는데, 이 여행
기록이 다섯 장쯤 이어졌을 때부터는 멈출
수가 없었다.

공항에서 탑승을 기다리는 틈에,
게스트하우스 침대나 테이블에서, 카페나
식당에서 틈틈이 그림을 곁들인 기록을
했고, 그 시간 자체로 무척 즐거웠다. 여행

끝 무렵에 일행을 만나서는 역시 같이 놀고 얘기하는 게
좋아서 기록을 할 틈이 없었지만, 이미 6일간 해왔던 터라
여행에서 돌아온 후에 나머지도 비슷한 흐름으로 쓰고 그릴
수 있었다. 이 여행 노트는 지금 꺼내 봐도 재미있다.

기록을 떠나 가장 강렬했던 여행은 첫 해외여행이었던
일본 도쿄다. 약 일주일간의 여행이었다. 비행기가 이륙할
때부터 친구와 호들갑을 떨었고, 처음 받아본 기내식이
마냥 귀엽고 신기해 사진을 찍어댔다. 조금이라도 경비를
아끼자며 쌀과 반찬까지 챙겨 간 통에 짐도 많았다.
공항에서 내려 버스를 타고 도착한
신주쿠 한복판에 짐과 함께 서서 느꼈던
어리둥절함. 도쿄에 살고 있던 친구의
언니가 우리를 발견해 겨우 머물 곳으로
향하던 길. 도쿄의 주요 역에서 조금 떨어진
작은 동네의 늦은 저녁 풍경이 여전히
생생하다. 쌀을 잔뜩 챙겨온 우리를 본

언니는 한숨을 쉬었던 것 같다. 그리고 근처 중고가게에서
조그만 전기밥통을 샀다. 그 와중에도 우리는 눈치 없이
그 크림색 밥통이 귀엽다며 신나했다.

여행 둘째날에 시부야 거리에서 문득 친구에게 말했다.
"따로 다녀도 괜찮지 않을까?"
특별히 친구와 다니는 게 불편했던 건 아니었다. 그랬다면
오히려 따로 다니자는 말을 꺼낼 수 없었을 것이다.
나만큼이나 개인적인 성향이 강했던 친구는 내 제안을
가볍게 수락했고, 잠시 후 나는 시부야 거리 한복판에 말
그대로 혼자 놓여졌다.
흥분을 진정시키기 위해 일단 밖이 내다보이는 카페에
들어와 잠시 앉았다. 아무도 모르는 아주 낯선 곳에서
혼자가 되었다는 실감이 짜릿함과 함께 몰려왔다. 갑자기
오감이 몇 배 예민해지는 듯했다.

이날 이후로 혼자서 도쿄 여기저기를 많이도 다녔다.
아침에는 크림색의 귀여운 밥통이 만든 밥과 챙겨온
반찬으로 배불리 먹고 집을 나와 친구와 그날의 여행을
위해 헤어진다. 하루 종일 여기저기를 돌아다니다가 밤에는
친구와 다시 만나 서로가 사온 물건과 사진을 구경하거나
하루 동안 있었던 일들을 이야기한다. 두고두고 생각해봐도
꽤 괜찮은 여행법이 아닌가 싶다.

체력만은 넉넉할 때였으므로 이곳 저곳을 원 없이
돌아다녔다. 흥미로운 것이 보이면 문득 멈춰 섰고 마음이
끌리는 길로 걸어갔다. 가서 별게 없어도 다시 나오면 그만.
길을 잘못 들어도 전혀 상관없었다. 멋진 걸 봐도 맛있는
것을 먹어도 속으로만 감탄할 수밖에 없지만, 설명하지
못할 감정을 온전히 마음에 품을 수 있었다.

지나가는

평범한
사람들을

기록한

일러스트레이터의
노트

어렸을 때는 공주님을 그렸다. 크고 반짝이는 눈, 작은
입술과 오똑한 코, 커튼처럼 열리는 아치형 드레스를 입은
공주님을 질리지도 않고 그렸다. 종이인형을 오리는 것도
좋아했는데 (인형놀이보다는 오리는 것 자체를 좋아했다)
가위질에 희열을 느끼던 나는 종이를 다 오리면 새로운
먹잇감을 찾듯이 문방구로 갔다. 문방구 한구석에 쌓인
수북한 종이인형 더미에서 고심 끝에 고른 것은 사탕같이
달콤한 맛이 날 것 같은 색감으로 그려진 '무슨무슨
공주님' '무슨무슨 숙녀' '이런저런 아가씨' 같은 제목의
인형들이었다. 또다른 곁다리 취미였던 색칠공부 책 속에도
숙녀인지 공주님인지로 넘쳐났다. 내가 달리 누구를 그릴
수 있었을까?

조금 더 자라서는 잡지 속에 있는 사람을 그렸다. 본격적인
패션 잡지는 어린 내가 구하기 힘든 물건이었거니와
있는지도 몰랐던 시절, 잔뜩 긴장한 마음을 안고 동네
화장품 가게에 들어가 사장님에게 물었다.
"『향장』(무가지 이름) 있어요?"
지금은 줘도 안 가질 그 무가지가 그땐 얼마나 소중했던지.
이미지에 몹시 목말라했던 그 시기에 더 다양한 이미지와
책과 잡지를 접할 수 있었다면, 다른 사람까지는
아니더라도 다른 그림을 그리는 사람이 되었을지도
모르겠다. 어쨌든 대기업 화장품 브랜드가 만든 무가지와
중년 여성 타깃의 가십 잡지 몇 권, 아빠가 기분 좋을 때

사다주는 『소년중앙』 정도가 내가 가질 수 있는 잡지의
전부였다. 그마저도 내게는 귀했지만.

좀더 지나 조금씩 돈을 벌 수 있게 되면서부터는 제대로
된 잡지를 가질 수 있게 되었다. 잡지 속에는 호리호리한
체형에 시크한 표정을 짓고 있는 모델과 그가 걸친 화려한
옷의 이미지가 넘쳤고 나는 정신없이 그들의 그림을
그려댔다. 그 무렵 국내외에서 발행된 패션과 디자인,
라이프스타일 잡지의 세련됨과 새로움에 충격을 받으면서
스펀지처럼 이미지를 흡수했다. 잡지 사이에 둘러싸여
종이를 넘기고 냄새를 맡으며(?) 시간가는 줄 모르고
스크랩을 했다. 순전한 즐거움이었다.
그런데 그림을 업으로 하게 되고 시간이 지날수록 취향이
조금씩 바뀌어가더니 언젠가부터 길 가는 아저씨가 내
노트에 등장하기 시작했다.

엥?

최신 유행의 모델은 몇 개월만 지나도 '지난 것'이 되었다.
서점의 매대에 당당히 쌓여 있던 '머스트 해브'가 얼마 뒤에
보면 묘하게 생기를 잃고 그곳에는 또다른 '머스트 해브'가
자리를 차지했다. 빠르게 변화하는 흐름을 따라가며
그림을 그리던 나는 언젠가부터 '유행에 민감한' '진취적인'
'화려한' '도시적인' '핫한' 따위의 수식어에 의문이 들기

시작했다. 문제는 무엇보다 내가 유행에 민감하거나
화려하거나 진취적인 사람이 아니라는 점이었다. 그렇지
않은 걸 넘어 그와는 반대의 사람에 가까웠다. 많은
이미지를 접하고 여러 문화적 경로를 통해 내가 어떤
사람이라는 것을 깨달아갈수록 그 간격은 벌어져갔다.

그러다보니 그 무렵부터 '도시의 시크한 여성'에 관한
그림 제안을 받아 작업을 해도 핀트가 조금씩 어긋나기
시작했다. 그림을 의뢰한 담당자는 묘하게 매가리 없어진
그림에 당혹스러워 하며 수정을 요구했지만, 더는 최신
유행의, 엣지 있는 드로잉을 할 수가 없었다. 그놈의
도시적이니 진취적이라는 단어가 듣기도 싫었다('도시'에도
'진취'에도 죄가 없지만). 결국 일은 중도에 엎어졌고, 그런
상황에서조차 괴로움보다는 후련함을 조금 더 크게 느꼈던

것 같다. 뭐든 주어진 일을 할 수 있는 사람이 아니라,
내가 나이기 때문에 할 수 있는 걸 잘하고 싶다는 마음이
강해져갔다.

그림의 선은 점점 더 구불구불하고 어눌해졌다. 그리고
그 시기 내가 어떤 인간인지
곰곰이 생각해보았다.
나는 어떤 그림을 그리고
싶은지, 어떤 것을 해야 하는
사람인지.
나는 진취적으로
나아가기보다는 한 발짝
물러나서 곰곰이 생각하는
것이 체질에 맞았고,
빳빳하고 새로운 것보다
가만한 사람의 손에 의해
부드러워지고 연해진 것을
좋아하는 사람이었다.

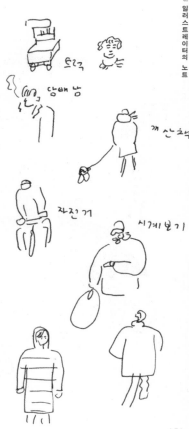

틈이 있는 담백한 그림을
만들어내고 싶었다. 맛이
강하지는 않지만 씹을수록
고소한 두부 같은 그림.
그것이 보는 입장으로서도

원하는 바였으므로. 강렬하게 사로잡는 것보다는 옆에
편안하게 머물 수 있는 것. 숨통이 트이는 여백이 있는
그림을 그리고 싶다.
그리고 소위 평범한 사람들을 그릴 때 재미를 느낀다.
그들의 이야기는 곧 나 자신의 이야기이니까.

사람들을 그리는 재미를
느낀 계기가 된 건 옷의 색깔
매치였다. 특히 장·노년 정도의
아저씨들이 입은 옷을 그리는
게 재미있다. 그리 특별할 것
없는 익숙한 색감의 옷을 입은
아저씨들을 그림으로 그려보니
의외로 새롭게 다가왔다.

특별히 옷에 신경을 쓰는 것은
아닌 게 분명한 사람들의 복장.

흔하고 무난한 옷을 구입하고, 또 같은 이유로 오래 입게

되었을 그런 옷들의 조화 같은 것. 특히 베이지
톤의 미묘한 차이와 톤다운 된 블루, 다양한
명도의 회색······. 이 사이의 흰색은 말간
아름다움이 있다.

노란 우산에 노란 상의. 흰 원피스에 흰 바지.
청청패션이라든지 소재가 다르더라도 온통 같은 계열의
색을 입는 등의 확고한 취향을 드러내는 사람들을 보면
왠지 그리고 싶어진다. 유머러스해 보이기도 하고 산뜻해
보이기도 하고.

깔끔한
꽁트머리
흰
상의

흰 최갑은
노란우산
온도 노란색
노란색을
좋아하
시나요.

어쩌다보니 일러스트레이터가 되었다.

애초에 자격증도 시험도 없는 이 직업은, 지위나 직급도
없다. 누구라도 '나 일러스트레이터요' 하면 그런 거다.
스스로 자신이 일러스트레이터라고 납득할 수 있으면
그걸로 충분하다.

하지만 '나 일러스트레이터요' 하고 스스로 납득하는
것이 생각보다 쉬운 일은 아닌 것 같다. 일단 취미가 아닌
직업이니, 수익을 만들어내는 것이 중요한데, 일이 없으면
백수나 마찬가지고 일이 들어오기만 바라는 수동적인
상태에 빠지기 쉽다.

일이 없을 때는 어영부영 보내다가 막상 일이 들이닥치면
시간에 쫓기게 되는 패턴은 몹시 좋지 않다. 일이 있든 없든
일정한 루틴을 만드는 것이 무엇보다 중요하다.

일이 너무 없어도 불안하고 해이해지기 쉽지만 일이 너무
많은 것도 곤란하다. 이것도 개인차가 있기 마련인지라
지인은 일이 쌓여 있으면 희열이 느껴지며 에너지가
생긴다고 한다. 실제로도 한 번에 그 많은 일들을
처리해낸다. 하지만 나는 일이 겹치면 과부하가 걸리고
스텝이 꼬여 넘어질 것 같은 느낌이 든다. 나도 할 수 있다!
라는 마음으로 몇 가지 일을 한꺼번에 진행하다가 몇 번
혼쭐이 난 후로는 여러 가지 일을 동시에 진행하지 않는다.
자기에게 맞는 정도의 일을 유지하는 것이 중요한데, 이게
또 말이 쉽지 그때그때 무척 고민이 된다.

반대로 일이 너무 없으면 수입도 없고 마음 안쪽부터
쪼그라드는 느낌이 든다. 시간 여유가 있으면 여행이나
독서를 실컷 할 것 같지만 막상 시간이 하염없이
많아져버리면 생활에 긴장감이 떨어져 무기력에 빠지기

쉽다.

스스로 주도할 수 있는 작업을 유지하는 것이 가장
중요하다. 자기 자신을 리프레시 할 수 있도록 성과보다는
마음이 설레는 것을 슬며시 유지하는 것. 들어오는 일만
하다보면 손끝부터 조금씩 소진되는 것 같은 느낌이 들기
쉽다. 자신이 주도하는 작업은 당장 티가 나지 않더라도
은근한 에너지가 된다. 그것이 실제적인(경제적인)
성과를 가져다줄 수 있다면 더 좋겠지만, 그렇지 않더라도
자발적인 작업은 장기적으로 어떤 형태로든 변화를
일으킨다고 믿는다.

일러스트레이터라는 직업이 어떤가에 대해 질문을 받곤
하는데 이제 10년을 조금 넘긴, 길지도 짧지도 않은
경험으로 할 수 있는 말은 '잘하면 괜찮다'라는 정도인 것
같다. 같은 일러스트레이터라도 생활의 모습과 만족도는
상당히 다를 것이다.
이 직업은 어떤 '상태'에 가까운 위태로운 면을 갖고
있다. 적절한 타이밍에 발을 구르지 않으면 물속으로
가라앉아버린다. 그리고 스스로 계속 어떻게 하루하루를
보낼 것인지 고민하지 않으면 안 된다. 하지만 매일매일
이것을 고민하면서 살 수는 없으므로 습관들이기가
무엇보다 중요하다. 자기에게 맞는 루틴을 만들고 그것을
지키며 사는 것.

글을 쓰면서도 굉장히 부끄럽다. 내가 지금 누구에게 이런
말을 할 수 있는 입장인가. 다만 지금까지 내가 느낀 것들을
스스로에게 다시 한번 되뇌는 말이라고 생각해주면 좋겠다.

할아버지.
정류장 의자에 계속
앉아 계신다.

고역 중 하나는 퇴근길의 버스를 기다리는 것. 몸은
피곤하고 버스를 타려는 사람들은 점점 모여드는데
기다리는 버스가 오지 않으면 초조해지기 시작한다.
그리고 마침내 버스가 도착하더라도 자리를 선점하려고
벌이는 기싸움은 농구시합
저리가라다.
하지만 한낮의 버스정류장은
비교적 한산하고 사람들도 여유
있어 보인다. 나른해 보이기도
하고. 정류장에 놓인 의자에
앉아 버스를 기다리는 사람들을
종종 그렸다.

좋은 그림이 뭘까? 미학적이거나 전문가적 기준 같은
어려운 얘기 말고, '나에게 좋은 그림'이란?
이런 질문을 떠올리면 '몸에 좋은 음식'이라는 말이
겹쳐지는데, 실제로 그림도 몸의 문제 같다. 어떤 그림을
좋아한다는 것. 그림뿐 아니라 문학이나 음악 등도
마찬가지다. 내 체질과 생리에 맞고 쾌적한 것을 좋아할
수밖에 없지 않을까. 그렇다면 좋은 그림이란 결국 몸에
좋은 그림인 셈이다.

많은 것이 균형의 문제겠지만, 나는 일단 느슨함이 깃든
담백한 것이 좋다. 그리고 다소 물이 빠진 것 같은 한색寒色
톤의 색감. 나이브하지만 그 안에는 생동감과 긴장감이
유지된 그림이 좋다. 한눈에 보이는 유머는 아니지만
은근한 익살스러움을 품고 있어서, 진지하다가도 작은 것에
피식 웃음이 나올 것 같은 분위기도 좋다.
뭐 아무튼, 숨이 트이는 기분이 드는 그림을 좋아하고,
좋아하다보니 나도 그런 것을 만들고 싶다.

말로 표현하기는 어려우니 그림을 예로 들면 이우경의
「속초에서」나 「북경의 민가」같은 그림을 들 수 있겠다.
「속초에서」는 한 남자가 등을 보인 채로 속초 바닷가를
바라보며 소주를 마시고 있는 모습을 그린 것이다.
심드렁한 표정으로 주섬주섬 안주를 준비하는 식당 주인과
바닥에 늘어져 누운 강아지. 차림표의 문어 그림.

창 너머로 보이는 밝은 바다와 하늘까지 뭐 하나 뺄 것 없이
잘 어우러진다. 그림을 보고 있노라면 내가 저곳에 앉아서
문어에 소주 한 잔 곁들이며 창밖 구경을 하고 있는, 꼭
그런 느낌이 든다.

「북경의 민가」는 좀더 서정적인 터치의 그림인데, 보고
있노라면 마음이 편안하고 즐거워진다. 두 그림 다 일견
쉽게 그린 것 같지만 실은 상당한 내공이 필요하다.

나에게 맞는 좋은 그림을 보면 나도 당장 그림을 그리고 싶어진다.

누구보다 내가 좋아하는 그림을 그리고 싶다. 이 직업은
스스로를 다독거리지 않으면 해나가기가 힘들다. 또한
그림을 그리자면 성공보다 실패에 익숙해져야 한다.
숱하게 망친 내 그림을 나만은 봐야 하므로. 이것에
좀처럼 익숙해지지 않지만, 못 그린 그림에 실망해봤자
소용이 없다. 어깨를 으쓱 하고 다시 시작하는, 일종의
직업적 무심함이 필요하다. 그렇게 마음에 안 드는 그림을
넘겨버릴 수 있어야 좋은 그림이 슬쩍 실수처럼, 또는
선물처럼 온다는 것을 알고 있다. 그리고 그렇게 만들어낸
선물 같은 내 그림이, 나는 꽤 마음에 든다.

어떤 남자의 뒷모습을 그려놓고 보니
뭔가 친숙한 이 느낌은?
엉덩이에 눈이 달렸잖아!
한 번 의식하고 나니 자꾸 엉덩이와 눈이 마주친다.

그리고 싶은 사람들을 일상의 풍경 속에서 마주친다.
수수한 아름다움이나 고요함, 소박함이 느껴지는 사람들.
심드렁하거나 뚱한 표정의 사람들. 어떤 이는 색연필로
그려야 할 것 같고 어떤 사람은 수채물감으로 그려야 할 것
같다. 단순한 드로잉으로 표현하고 싶은 사람도 있다.

사람들은 비슷해 보이지만 모두 다르다. 그림도 오늘
내일이 비슷해 보이지만 항상 다르다. 만약 같은 사람을
다른 날 마주쳐 그리면 전혀 다른 그림이 나올지도.
대상을 닮게 그리는 것은 중요하지 않다. 어떤 사람을
마주했을 때 그리고 싶은 마음이 든
이유를 생각하면서 그 부분을 살리는
것이 중요하다. 표정이 될 수도 있고,
옷의 무늬나 포즈, 혹은 체형이 될 수도
있다. 꼭 그림이 아니어도, 지나가다
들은 대화 한 조각을 적어두기도 한다.
읽고 있는 책에서 마음에 드는 문장을
적어두기도 하고.
이런 작은 조각들이 노트 위에 모이면
당시의 분위기가 만들어진다.

그림에 대한 판단은 미뤄두고,
무엇이 나를 흥미롭게 했는지를
자연스럽게 느끼며 그리는 즐거움에

빠져 그리다보면 내가 어떤 걸 그리고 싶어 하고 어떤 걸
좋아하는지가 조금씩 분명해지는 것 같다.
막연히 '뭘 그려야 할까?' 생각하면 막막하다. 하지만 일단
그리고, 내가 그린 것을 바라보면 그 안에 실마리가 있다.
그래서 나는 무심코 이런저런 드로잉을 하고는, 나중에
지나간 노트를 다시 펴 보곤 한다. 지나고 보면 그때는
몰랐던 것들이 보이기도 하니까. 그것들을 힌트 삼아 다른
작업으로 이어가면 의외의 방향이 열리기도 한다.

대상을 바라봄으로써 어떤 느낌이 일어나는 것이 새삼
신기하기도 하다. 반대로 별다른 느낌이 들지 않는 것들도
있다. 아무리 대중적으로 인기가 많거나 값비싼 것도
나에게는 무의미할 수 있다. 나에게 말을 거는 것, 나에게
의미가 되는 것이 언제나 더 중요하다.
내가 내 시선으로 바라본 것을 내 방식으로 표현하는
일이 그림의 출발점이고 재미가
아닌가 싶다. 그림에는 그
사람이 어떤 사람인지가
드러난다. 숨길 수가
없다.

그래서 다른 이들의 그림을 보는 일도 흥미롭다. 이 사람은
이런 것에 끌리는구나. 이런 것을 재미있어 하는구나. 이런
방식으로 표현하는구나…… 하며 그림을 즐긴다.

이 책을 보는 사람들도 '왜인지는 알 수 없지만 어쩐지
끌리는 것'이나 좋아하는 일상의 것들을 조금씩이나마
기록해보면 어떨까. 순전히 즐거움만으로. 아주 작은
물건이나, 좋아하는 사람의 얼굴 그림 옆에 그 사람이 한
말을 메모해보는 식으로. 꼭 닮게 그리지 않아도,

꼭 완성하지 않아도 자신에게는 소중한 기록이 될 테니까.
그렇게 쌓이다보면 분명 자기만의 독특한 무늬들이
만들어질 테니까.

딱히 뭐라고 꼬집어 표현할 수는 없지만 되도록 피하고
싶은 느낌의 아저씨가 건들건들 걷고 있다. 뭔가 수상해.
오해라면 죄송합니다.

오늘은 그리고 싶은 사람이 없다. 딱히 눈에 띄는
사람도 없고 다들 비슷비슷. 비슷한 사람들이 특색 없이
기능적이기만 한 상가 건물들 사이를 그저 오가고 있다.
나도 그중 하나다. 심드렁. 노트 위의 손끝부터 잠이 온다.

꼭 장소의 문제는 아닌 것 같다. 한 시간 걸려 사람들
그리기 좋은 카페에 일부러 찾아가도 심드렁 맹맹한
날이 있다. 사람들이 고만고만해 보이는 건 내 시선이
고만고만해서일 수도 있고, 내 머리나 마음 어딘가가
딱딱하게 뭉쳐 있어서 그럴 수도 있다.
시각의 전환이 필요한지도 모른다. 여행을 떠나야 할
때인가? 낯선 건물과 사람들, 작고 사소한 것들에 눈과
귀를 열고 '신기해 신기해'를 외치다 돌아오면, 문득
익숙하다고 생각했던 것들이 새로워 보이기도 하니까.
그런데 여행도 심드렁하면?

이런 날에는 집에 있어도 손 하나 까딱하고
싶지 않다는 생각이 들어 무기력하게
소파에 축 늘어져 천장의 무늬를 멍하니
쳐다본다. 그러다가 물로 나온 생선이
펄떡이듯 간간히 스마트폰을 든다.
스마트폰도 지겨워져 다시 천장의 무늬로
시선을 돌리면 어린 시절 애국가가 끝난
텔레비전을 바라볼 때처럼 야속하고 막막한

슬픈노래는

인간의 숲

기분이 든다. 그림도 안 그려지고 책도 읽기 싫고 아무
생각도 하기 싫으면 난 대체 뭘까.

무기력하게 누워 있는 것도 상당히 피곤한 일이다.
아무것도 하지 않음(못함)에 들어가는 에너지도 생각보다
크다. 무엇보다 자신이 한심하게 느껴져서 힘들다. 당연히
부지런히 움직일 때 정신도 몸의 상태도 훨씬 좋은데,
툭하면 돌부리에 걸려 넘어지고 만다. 그리고 넘어진 김에
벌렁 누워버린다. 하지만 이렇게 무기력한 날도, 그림이 안
그려지는 날도 매일 계속되지는 않겠지.

사실 그림이 잘 그려지는 날은 별로 없다. 오늘은 상태가
별로라는 느낌이 드는 날이 대부분이다. 그런데 그렇게
머리는 멍하고 컨디션이 안 좋아도 하다보면 슬쩍 좋은 게
나올 때가 있다. 시작하기 전에는 귀찮고 헛수고 할까봐
겁도 나니 갖은 핑계로 자리를 벗어나고 싶지만 일단
시작하면 어떻게든 만들어지는 부분이 생긴다. 하다보면
실수로 좋은 게 나오는 식이다.
말하고 보니 그림 그리는 일이라는 게 어째 좀 가혹하네.
그래도 나로서는 가장 잘하고 재미있게 할 수 있는 게
이것이다. 다른 건 더 어렵고 더 못하겠지.

아무튼 완벽하지 않음을 받아들이기.
애써 괴로워하기보다 곧 나아지겠거니 하며 담담하게

넘기기.

그러다보면 내일은 좋은 걸 만들 수 있을지도 몰라.
아니면 내일모레.

그건 바로 나. 부지런히 빈둥거리기. 그 안에서 뭔가를
만들어내야지.

버지니아 울프의 일기 중 '자기 자신에게 조차 성공한
사람으로 보이고 싶은 것'이라며 스스로를 자조하는 글이
머릿속을 떠나질 않는다. 자기를 속이는 건 어렵다. 진실을
아니까. 약한 자신을 인정하고 하루하루를 나아가는 수밖에
없다.

결국 내 직업은 망쳐버린 그림을 끊임없이 받아들이는
일이다. 그러다보면 꽤 좋은 것도 나온다는 것을 잊지 않는
일이다.

휴대폰

잠시라도 떨어져 있으면 궁금한 휴대폰. 이제는 필수품을 넘어 거의 손과 뇌의 연장선이 되어버린 것 같다. 거리에도 휴대폰을 보거나 사용하는 사람을 쉽게 볼 수 있다. 그중 마음에 드는 그림들.

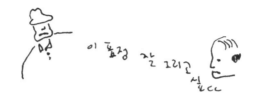

이 표정 잘 그리고 싶다

기껏요 아니고

도 아닌데.

시무룩

남자 노인들이 잘 짓는 표정. 눈은 다소
나른하지만 입매에 힘을 주어 옆으로 길게
꾹 다문 입과 볼에 주름이 가 있는 표정.
잘 그리고 싶은데 쉽지가 않다.

'일상'이라든가 '소소함'이라는 단어가 유행처럼 쓰인지도
오래된 것 같다. 흔해진 단어에는 굳은살 같은 게
붙어버려서 본래의 의미가 무뎌진다. 그리고 귀에 걸면
귀걸이 코에 걸면 코걸이 식으로 남발되면서 여기저기 갖다
붙여진다.

남몰래 좋아하던 사람이 유명해져 인기를 얻으면 순식간에
마음이 떠난다고 말하던 친구가 있었다. 그다지 주목받지
못하고 있지만 나만은 알아보고 있다는 비밀스런 자부심을
느끼게 하는 대상이 떠들썩한 무리 속으로 들어가는 순간
뜨거웠던 마음이 식어버린다고.
그 말을 처음 들었을 때는, '뭘 그렇게 까지. 유명해지면
좋지' 하며 딱히 공감하지는 않았는데, 왠지 두고두고
떠오른다, 그런 마음이. 요는 그 대상이 아니라 '그 대상을
알아본 나의 특별함'에 있었던 것이다.

나의 특별함이…… 그것은 뭔가를 만들어내는 이에게는
없어서는 안 될 중요한 부분이다.
그렇다면 나의 특별함은 뭘까? 한때는
굵직하고 강렬한 이야기나 이미지를
만들어내는 것이 창작자의 목표점일까
고민한 적도 있지만, 일단 나부터가 그런
것을 그리 즐기지 않는다.
음악을 예로 들면, 너무 세고 압도하는

빨간옷 초록코드

사운드보다는 공기처럼 내 시간과
공간에 섞여드는 것이 좋다. 나를
전혀 다른 곳으로 끌고 가는 대신
음악이 내 시간과 공간에 스며들어
새로워지는 것.
나는 원체 스케일이 큰 인간이 못 된다.
반복되는 일상 속에서 문득 떠오르는
느낌이나 경험이 나에게는 중요하고,
그림도 그 속에서 자연스럽게 배어 나온다.
하지만 요즘처럼 손쉽고 빠르게 여러
사람의 일상과 일상의 느낌을 공유할 수 있는
환경에서 나의 특별함은 뭘까 헷갈리기도 한다.

하지만 한편으로는 아무리 발버둥 쳐도 우리는 모두 다른
인간이기 때문에 그때그때의 느낌과 경험을 소중히 여기는
것이 중요하다는 생각이 든다. 나에게는
익숙한 매일이지만 그것은 오직 나만
누리는 유일한 것이니까.
심지어 그 익숙한 일상도
조금씩 또는 갑작스럽게
변하기도 하니까.

문득 집어든 양장 노트를 펴보니 3년 전,
그림을 곁들인 짧은 기록들이 있다. 그즈음

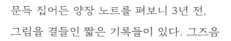

아침마다 쓰고 그린 일기다. 종이를 넘기며 글과 그림을
보니, 그 당시가 생생하게 떠오른다. 매일의 작은 느낌들과
싱거운 일상의 기록이지만 어느새 그때와 달라진 지금
그때의 페이지들을 보니 아이의 그림일기를 훔쳐보는 것
마냥 애틋하고 재미있다. 그런데 딱 이런 글이 적혀 있다.
'이런 시시한 것들을 굳이 시간 들여서 그리고 적어야
하나?'라고. 그 문장을 끝으로 기록이 중단되었고 노트의
후반은 빈 종이로 남아 있다.

굳이 시간 들여서 그리고 적으라고,
굳이 그리고 적으라고!

3년 후의 내가 허공에 대고
외친다. 그때의 시시하고
당연한 것들, 지금은
달라졌다고!

당시에는 이런 느슨한 일상의
기록이 아닌 완결된 어떤 것을 만들어야
한다고 생각했던 것 같다. 그것도 틀린 말은 아니다. 하지만
일상의 기록을 굳이 포기할 필요가 있었나 싶다. (물론 그
느슨한 기록은 거의 습관이 되어서 얼마 뒤 다른 노트에서
스리슬쩍 다시 시작했다.)
특별함이나 정제된 어떤 것도 사소한 하루하루 안에서

만들어지는 것이니까, 내가 갑자기 대오각성 해서 완전히
새로운 것을 만들어낼 거라는 생각은 들지 않는다.

달라붙어 있는 어제와 오늘. 오전과 오후 사이에 문득
반짝이는 작은 실마리를 얻으면, 그것을 소중히 해야지.
오늘도 일상을 잘 지켜나가야지. 아침에는 긴장을 풀고
드로잉을 하고, 좋아하는 그릇을 꺼내 천천히 식사를
하고, 생활하는 공간을 매만지고, 공기가 좋은 날에는
산책을 해야지. 잠깐이라도 책을 읽고, 떠오르는 느낌을

메모해두고 그날 해야 할 일을 해야지. 운동을 하면서 몸을
움직여야지.

그리고 스스로와 나의 일상에 너그러워져야지.

부드러운 사람들

매
이
소
리

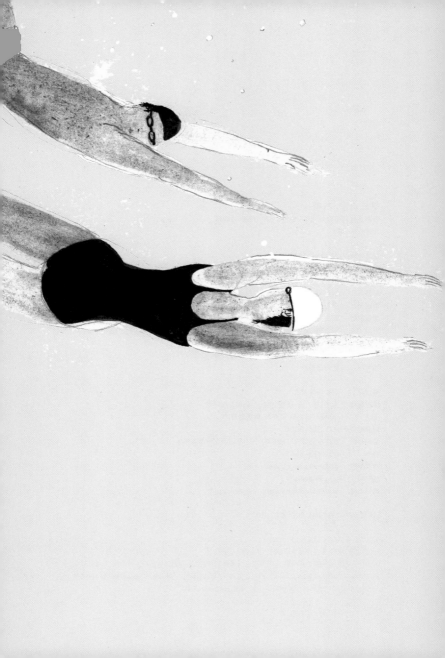

부드러운 거리

일러스트레이터의 눈에 비친 그곳, 보통 사람들

© 정인하 2018

초판 인쇄 2018년 10월 18일
초판 발행 2018년 10월 30일

지은이   정인하
펴낸이   정민영
책임편집   임윤정
편집   김소영
디자인   강혜림
마케팅   정민호 이숙재 정현민 김도윤 안남영
제작처   한영문화사

펴낸곳   (주)아트북스
출판등록   2001년 5월 18일 제406-2003-057호
주소   10881 경기도 파주시 회동길 210
대표전화   031-955-8888
문의전화   031-955-7977(편집부) 031-955-3578(마케팅)
팩스   031-955-8855
전자우편   artbooks21@naver.com
트위터   @artbooks21
페이스북   www.facebook.com/artbooks.pub

ISBN 978-89-6196-340-4 03810